Micheline Cumant

Monsieur Barbotin, Maître en Musique

*ou les tribulations
d'un génie méconnu ...*

2016 Micheline Cumant
Edition : BoD – Books on Demand
12/14 rond-point des Champs Elysées, 75008 Paris
Imprimé par Books on Demand GmbH, Norderstedt, Allemagne
Dépôt légal : 3ème édition Septembre 2016
ISBN : 9782322112814

L'on pourra être quelque peu incrédule en lisant les aventures qui vont suivre. Mais il convient que l'on sache qu'il est de ces hommes si vains qu'ils ne sauraient inspirer la pitié. Que celui qui n'attribue ses infortunes qu'aux coups du sort sans examiner d'abord ses propres insuffisances en tire leçon ...

INTRODUCTION

Comment la campagne d'Espagne de Joseph Bonaparte nous rapporta l'histoire de Barbotin.

L'an mil huit cent sept, les troupes de Joseph Bonaparte franchissaient le Guadalquivir. En touchant la rive, une des barques heurta un objet volumineux à demi enterré.

L'objet dégagé s'avéra être un étui de contrebasse, que les soldats s'empressèrent d'ouvrir. A leur grande surprise, l'étui contenait les restes du cadavre d'un homme de petite taille, presque réduit à l'état de squelette.

Un officier qui arriva à ce moment décida d'appeler le chirurgien, afin que l'on examine le corps qui pouvait être une victime de la barbarie de ce peuple cruel. L'homme de l'art constata que le sujet était mort depuis plusieurs dizaines d'années. Mais, chose curieuse, il trouva un diapason incrusté entre la quatrième et la cinquième côte. L'examen des os des membres inférieurs du cadavre, brisés en plusieurs points, révéla que l'homme avait eu à subir quelques épreuves de la question, ce dont visiblement il n'avait eu qu'à se plaindre, ces actes n'ayant pas entraîné la mort, due sans doute à la noyade. Le choix de l'étui de contrebasse fit dire que l'homme avait sans doute été un musicien contre lequel avait pu se tramer quelque complot. De plus, ce qui parut une dernière facétie, on trouva accroché autour du cou du cadavre un sachet de cuir hermétiquement fermé renfermant un manuscrit rédigé en français, qui racontait l'histoire qui va suivre.

I.

Où l'on assiste à la naissance miraculeuse de Barbotin, et aux merveilles qui l'entourèrent.

L'an de grâce 17**, en la ville de Paris, rue X***, vivaient un Monsieur très bon et une Dame très simple. Le mari faisait tout ce qu'on voulait, la femme croyait tout ce qu'on disait. L'un accordait tout, l'autre ne refusait rien. Vous auriez cru leurs gens heureux, leur maison paisible, et vous les eussiez crus surtout l'amour du genre humain.

Rien moins que tout cela. Par la bonté de Monsieur, les domestiques étaient opprimés ; par les faveurs de Madame, ils étaient ruinés. Ce bon couple ne faisait que des malheureux et des ingrats. Leur faiblesse avait étouffé l'amour, et le mépris avait succédé au respect. La misère et le désordre régnaient dans la maison, ils y excitaient les querelles, les murmures et les larcins.

Si Monsieur se livrait un moment à des réflexions sur la situation, il s'inquiétait ; mais il chassait bien vite ses pensées, car il ne voulait pas se faire plus de mal qu'il n'en voulait faire aux autres. Et si les clameurs frappaient l'oreille de Madame, elle avait peur, et envoyait sa chambrière chercher son chat et son bichon, pour se rassurer. Ainsi le malheur des circonstances privait ces deux époux d'une partie du bonheur que leur promettait leur caractère ; mais aussi leur heureuse nature les soustrayait à une partie du malheur des circonstances. S'ils avaient eu un ami, ils n'eussent plus éprouvé de circonstances contraires, car cet ami leur eût dit la vérité. Mais ils n'avaient autour d'eux que des flatteurs, dont les caresses étaient à la mesure de l'argent qu'ils devaient à ce bon couple, que leurs familles respectives avaient de façon fort malavisée doté d'un bien fort conséquent, acquis dans le commerce avec le Nouveau Monde et les soieries de Lyon.

Les indifférents attribuaient cet état de choses à la douleur que ressentaient ces braves gens de ne pas voir d'héritier. En effet, depuis quinze ans que Monsieur et Madame Barbotin étaient mariés, ils n'avaient encore pu obtenir du Ciel un fruit de leur union. Cependant, Monsieur, infatigable, y travaillait sans cesse, et sa crédule épouse invoquait à la fois toutes les divinités de l'Olympe, tous les saints du Paradis, consultait toutes les voyantes, implorait tous les génies, allait à toutes les eaux du royaume, se baignait dans toutes les fontaines des Capucins, faisait des neuvaines à Saint-Guilin, et prenait toutes les herbes de la Saint-Jean. Cette débordante activité votive lui valut de la part d'un voisin cette épigramme qui parut dans un almanach à la mode :

« Une dévote un jour dans une Église,
Offrit un cierge au bienheureux Michel,

Et l'autre au Diable. Oh ! Oh ! Quelle méprise !

Mais ! C'est le Diable !... Y pensez-vous ? Ô Ciel ...

Laissez, dit-elle, il ne m'importe guère :

Il faut toujours penser à l'avenir ;

On ne sait pas ce qu'on peut devenir,

Et les amis sont partout nécessaires. »

Enfin, après avoir usé de mainte et mainte recette, usé de mainte et mainte pratique, Madame Barbotin, passant Faubourg Saint-Marceau, eut l'idée sans nul doute inspirée par la bienheureuse Rita d'entrer en une salle du Jardin des Plantes des Maîtres apothicaires de Paris, et d'y acheter un sachet de poudre de Monsieur Pierre Chirac, Surintendant du Jardin Royal des Plantes et des Eaux Minérales, Bains et Fontaines Médicinales du Royaume, et premier médecin de Sa Majesté Louis le Quinzième ; on vantait les effets miraculeux de cette poudre contre l'apoplexie.

Le sachet opéra. Madame Barbotin devint enceinte, et il ne lui fallut ni plus ni moins que neuf mois pour mettre un petit garçon au monde.

Vous pouvez vous douter que toutes les voyantes, sorcières, exorcistes, capucins, astrologues et marchands de miracles précédemment consultés furent invités aux couches de Madame.

Avant de baptiser l'enfant, il fallait lui promettre un destin hors pair. Les sorcières le dotèrent de la beauté de l'amour, les voyantes de l'esprit d'un ange ; un capucin lui promit un grand talent oratoire, et un jésuite portugais qui passait par là assura qu'il saurait prévenir les tremblements de terre – on disait en ce temps que Lisbonne avait été dévastée par deux fléaux, les tremblements de terre et les jésuites.

L'heureux père du futur génie fut prié de faire un discours :

« Messieurs et Dames », balbutia le bon homme tout ému, « Je vous remercie. Je vois bien que mon fils tournera la tête à toutes les femmes et fera l'admiration de tous les hommes.

Mais je voudrais savoir quelles seront ses aventures, et je vous prie de lui tirer son horoscope. »

On répondit : « Brave homme, nous l'avons déjà doué, et ce serait contraire à notre éthique que de prédire. Mais voici l'Abbé Roussin, un astrologue réputé, qui vient de publier dans l'illustre *Mercure de France* un mémoire touchant la division du zodiaque et l'institution de la semaine planétaire relativement à une progression géométrique, d'où dépendent les proportions musicales ».

« Il est vrai, » dit l'Abbé, « Que la note *SI,* gouvernée par Saturne, se fera mieux entendre un samedi, le *LA,* influencé par la Lune, un lundi. Mais ces Messieurs du *Concert Spirituel* n'ont pas encore répondu à ma demande touchant l'élaboration des programmes musicaux dans le ton du jour... »

On l'empêcha de continuer son discours, le priant de tirer l'horoscope de l'enfant. Après avoir dressé les instruments, avoir rapporté le jour et l'heure de la naissance à la planète dominante, avoir observé l'aspect des constellations et comparé les lignes de la main du nouveau-né aux signes du ciel, l'astrologue prononça cet oracle : « Le bonheur dépend d'un bon choix ».

Il se tut, n'ayant plus souvenance de la pièce de vers qui commençait ainsi. Les yeux de l'assistance restant fixés sur lui, il cita au hasard : « Puissent naître de lui des fils qui lui ressemblent » et s'arrêta de nouveau, ne se souvenant plus si ce vers lui était venu d'un vaudeville ou d'une tragédie. Il continua alors en prose, expliquant que l'héritier des Barbotin aurait toujours devant lui des choix et qu'il dépendrait de lui qu'il fasse les bons.

Cette parole ayant rangé l'enfant parmi les esprits raisonnables et pondérés satisfit tout le monde. La maison Barbotin régala l'assistance de chocolat et liqueurs à profusion, ce qui acheva de mécontenter les domestiques à qui ces gens ne laissaient jamais ni fonds de bouteilles ni pièces de monnaie, et qui imaginaient les heures de nettoyage qui suivraient après le passage de cette troupe de charlatans crottés. Ils criaient au meurtre, et l'assistance répétait : « Écoutez comme ils se réjouissent ».

Enfin, l'on songea à baptiser l'enfant. Le curé de la paroisse arriva, finit le chocolat et les liqueurs sous le nez du jésuite à qui il tourna ensuite le dos avec cette apostrophe : « Le Ciel est dans sa bouche, et l'Enfer dans son cœur ». Il commença ensuite un sermon en latin, devant les membres de l'assistance encore présents, toussant, grimaçant à tous les endroits importants, passant plus de vingt fois en un quart d'heure du fausset à la basse, comme les prédicateurs italiens. Personne ne se rendit compte à quel moment il avait prononcé les paroles sacramentelles, ni de quels prénoms l'enfant était baptisé.

Ceux qui étaient économes – c'est-à-dire, ceux dont les dettes étaient les plus importantes – espérèrent qu'il n'en eût point un trop grand nombre ; car tout le monde connaissait cette cantatrice italienne dotée de vingt-deux prénoms de baptême, et qui donc ruinait ses amants en cadeaux vingt-deux fois dans l'année.

II.

Comment la vocation artistique de Barbotin se manifesta de bonne heure, ainsi que ses inclinations pour les sifflets.

L'héritier des Barbotin s'avéra doué d'une assez bonne santé pour survivre aux soins jaloux que lui prodiguèrent ses parents, assistés d'une foule de médecins, apothicaires et charlatans. Sans nul doute les effets des drogues des uns furent-ils annihilés par les tisanes des autres, et il parvint à l'âge de six ans.

C'est à cette époque que se produisit un événement qui devait décider de sa vocation artistique. Sa famille l'ayant un jour mené au théâtre des marionnettes, le bambin conçut tout-à-coup pour Polichinelle une forte passion qui se convertit bientôt en une espèce de fureur. Bientôt, jaloux des applaudissements qu'il voyait adresser au personnage, il entreprit de le supplanter, en débutant au même théâtre. Ses parents eurent la faiblesse de se prêter à cette fantaisie ; on lui fit faire un habit de Polichinelle. La joie du petit en l'essayant ne put guère se comparer qu'aux transports du bouillant Achille, lorsqu'Ulysse lui présenta des armes.

Il débuta dans une assemblée d'enfants, attirés par la nouveauté du spectacle ; il eut le malheur d'être sifflé. Le prodigieux courroux de notre héros ne s'exhala heureusement que contre la sorcière du spectacle, à laquelle seule il attribua sa disgrâce.

Madame Barbotin, qui aimait la musique et estimait que cet art était indispensable à toute honnête personne, argua que Louis Le Grand lui-même s'y connaissait fort bien en musique, ayant une bonne oreille, et jouant fort honorablement de la guitare ; elle ajouta que Philippe d'Orléans était un violiste et un compositeur de talent, et que, si l'on disait du roi Louis le Quinzième qu'il avait « la voix la plus fausse du royaume », il fallait voir là une preuve de la décadence dans laquelle était tombées les mœurs du temps. Monsieur Barbotin, qui gardait un profond ressentiment pour les politiques, depuis qu'il avait perdu une somme conséquente lors de sa collaboration avec le banquier Law, qu'il s'obstinait à appeler « l'As », acquiesça. Il ne pouvait d'ailleurs rien refuser à personne, nous l'avons démontré, et avait d'autre part lu sous la plume d'un auteur respectable que les musiciens vivaient plus vieux que les peintres et les gens de lettre.

Aussi s'empressa-t-on de mener le futur virtuose au concert, où le bambin devint fort jaloux de deux jeunes artistes, Messieurs Aldaye et Darcy, âgés d'environ dix ans, jouant le premier de la mandoline et le second du clavecin, et voulut les imiter sur-le-champ. On eut beau lui rétorquer que l'apprentissage de cet art requérait beaucoup de temps et de patience avant de pouvoir se produire, il exigea immédiatement d'avoir un maître.

Un flatteur qui se trouvait là se vanta d'avoir été le premier maître d'André Campra, qui jusqu'à l'âge de treize ans n'avait rien pu apprendre, pas même à lire, et que les conseils du maître avisé qu'il était avaient fait se développer d'un coup l'esprit de celui qui devait devenir le grand compositeur que l'on connaissait, lui permettant d'apprendre en l'espace d'un an non seulement à lire et à écrire, mais aussi la musique. Il ajouta – et les crédules parents ne décelèrent point la précaution qu'il prenait – qu'il fallait quelquefois un peu de temps avant qu'un enfant aussi doué soit-il ne découvre l'instrument auquel le ciel l'avait destiné. On prit les contacts nécessaires, et bientôt clavecin, violon, mandoline et flûte furent livrés au domicile des Barbotin.

Les premières leçons sur le clavecin se passèrent sans encombre. Le maître arrivait, et régalait Monsieur et Madame Barbotin d'une foule d'anecdotes sur la vie de l'Opéra et les aventures du Prince de Carignan qui en était le directeur, et était donc à même de surveiller de très près les demoiselles, dont il goûtait fort la compagnie. Il choqua quelque peu Madame Barbotin en lui racontant les frasques passées de l'Abbé Dubois, devenu cardinal, et en citant le mot de Monsieur de Voltaire selon lequel le Pape était le meilleur des cuisiniers, car « *il avait su changer un maquereau en rouget* ». La brave dame attribua cette légèreté à la manière qu'ont les artistes de se moquer de tout et de rien, et elle fut ainsi persuadée qu'elle avait mis son fils entre les mains du plus grand maître qu'il y eût sur la place de Paris. Malgré cela l'enfant parvint à apprendre à lire ses notes, et posait de temps en temps ses doigts sur le clavecin.

Vint un moment où, lassé des quelques exercices qu'il avait pu pratiquer, il exigea de son professeur d'apprendre une pièce qui lui permettrait de briller en société. On la lui procura, et, bien que ses deux mains ne parvinssent pas toujours à s'accorder ensembles, on décida de le produire dans le salon de Madame B***, car la pièce était de son musicien favori, qui garnissait tous les pupitres de la maison d'ariettes et autres sonatilles qu'il fournissait obligeamment à ceux des amis de la Dame qui avaient la complaisance d'en acheter.

Les concerts de Madame B*** formaient des assemblées composées d'une grande quantité de gens désœuvrés, et d'un petit nombre de connaisseurs ; les Dames en étaient l'ornement, donnant de l'émulation aux acteurs. Plusieurs d'entre elles étaient en été de juger les talents, et même de se prononcer ; mais aussi la plus grande quantité n'y venait que pour s'amuser, causer, et s'y montrer. Un grand nombre de jeunes gens frivoles, n'ayant pour objet que l'assemblée, venaient s'y faire voir, et blâmaient par voix ce qu'il eût fallu applaudir. Les pères et mères y menaient leurs enfants, pour leur procurer une certaine hardiesse, si nécessaire pour exécuter ou chanter en public. Ils voulaient aussi jouir des dépenses qu'ils avaient faites pour leur éducation. On était épuisé par ces talents naissants, de Sonates et de Cantatilles composées par l'auteur de la maison, et l'on était forcé d'applaudir pour plaire aux parents.

Le concert commença par une jeune demoiselle timide qui se fit longtemps prier pour chanter ; on parvint à la déterminer à aller près du clavecin. Après nombre de révérences, elle assura qu'elle était enrhumée, et chanta à la fin par cœur la leçon de son maitre. À force de presser la mesure, la Cantatille finit, les révérences recommencèrent. Au moins pouvait-on attester de la qualité des leçons de son professeur de danse.

Vint le tour du jeune Barbotin ; ses mains se posèrent au bon endroit sur le clavecin, mais, la droite ayant une fâcheuse tendance à oublier la gauche, il finit, agacé par les murmures et le bruit des chaises, par déclarer : « Faire aller une main, cela se peut ; mais les deux ensembles, je n'en ferai rien : c'est un travail trop rude ». Et il continua d'une main, puis de l'autre, en s'efforçant de ne pas imiter la demoiselle qui l'avait précédé, et qui pressait la mesure. La pièce finit enfin, on respira, et on l'applaudit pour son bon mot avec une indulgence due à son jeune âge.

L'assistance eut de quoi se divertir avec le groupe qui suivit. Un chanteur, un joueur d'archiluth et un claveciniste, qui ne connaissaient sans doute pas les conseils avisés de Monsieur Corrette qui recommandait à ceux qui portent des lunettes d'en avoir de longue vue, et suivaient sur une seule partie, formèrent un réjouissant trio de lunettes, chacun des concertants se disputant la préséance du pupitre avec la tête. De sorte qu'après que les têtes se fussent heurtées l'une contre l'autre, le chanteur, un castrat nouvellement arrivé d'Italie, ne se trouvant pas à son aise pour voir, quoiqu'avec deux paires de lunettes sur le nez, s'avisa de se mettre à califourchon sur la bosse du claveciniste ; mais cet avantage ne lui dura guère, parce que celui qui jouait de l'archiluth à côté de ce groupe gigantesque avait, malheureusement pour lui, une jambe de bois. Comme il jouait debout, et, malgré le véritable télescope qu'il portait sur son nez de betterave, ne voyait pas mieux que les deux autres, à force de battre la mesure tantôt sur le dos du castrat et tantôt sur celui du bossu, sa jambe de bois glissait peu à peu. Au moment de faire signe aux deux autres de tourner la page au « da capo », il glissa pour de bon, ce qui leur fit faire à tous trois la chute de Phaéton.

Un amateur de la nouveauté qui se trouvait là se mit à crier « Bravo, bravo ! », et assura que ce mélange des genres musicaux, dramatiques et chorégraphiques était l'art de l'avenir. Le jeune Barbotin en prit note.

III.

Comment le jeune Barbotin fut accueilli par les Comédiens Français

La noble passion de Barbotin pour le genre dramatique ainsi déclarée se fortifia de jour en jour. Le grand succès qu'il eut dans une tragédie de collège, où il joua le rôle de Nabuchodonosor changé en bête, acheva de le persuader qu'il était né pour la scène. Il délibéra longtemps s'il se dévouerait au genre tragique sur les pas de Corneille, à celui de la Comédie, pour être le rival de Molière, ou bien à l'Opéra bouffon.

Le genre de Molière lui parut le plus facile. Il écrivit, au sortir du collège, une petite comédie d'un acte en vers. Les Comédiens Français, par suite d'une distraction, le reçurent sans prendre garde que presque tous les vers en étaient pillés. La fatuité du petit poète augmenta beaucoup par l'accueil fait à la pièce ; mais elle fut portée à son comble quand un Philosophe, à qui il en avait fait la lecture, lui dit, en lui imposant les mains : « Jeune homme, prends courage ; allume ton génie au flambeau de la méditation : tu deviendras le philosophe des poètes et le poète des philosophes ».

Flatté de ce mystique augure, Barbotin commença à prendre un ton plus décisif et tranchant dans les foyers de la Comédie. Il ne parla plus de Molière qu'avec une sorte de dédain. Cette fatuité le fit remarquer d'un homme qui entreprit de le corriger, en le mystifiant.

L'homme qui avait résolu d'humilier notre petit poète l'aborda un jour dans le foyer de la Comédie-Française, en lui prodiguant les louanges les plus outrées, et lui témoigna un très grand désir d'entendre une lecture de sa pièce. Barbotin, très flatté, se rendit à l'invitation d'autant plus volontiers qu'on lui annonça une société nombreuse et choisie, dans laquelle il ne pouvait manquer d'avoir beaucoup d'admirateurs. On affecta, avant la lecture, de le combler de politesses et d'éloges, au point qu'il en devint presque modeste. Il lut enfin, avec le plus grand air de confiance ; et tous les visages, comme montés de concert sur le même thermomètre, paraissaient de plus en plus mornes et glacés. Il n'aperçut aucun signe de plaisir ni même d'encouragement.

La lecture finie, avec beaucoup d'embarras de la part du pauvre poète, qui mendiait en vain dans les yeux des assistants quelques suffrages, on fit servir le souper. Tant qu'il dura, on ne parla pas plus de l'ouvrage que si jamais il n'en eût été question.

La vanité de notre homme était à la torture, il n'y put tenir :

« Eh quoi, Messieurs », dit-il d'un ton tragique, pas la moindre observation ? Pas même un conseil ? Ma pièce vous a donc paru bien détestable ».

On lui répondit, du ton de la commisération, qu'on croirait mal payer la complaisance, en lui disant de tristes vérités, auxquelles malheureusement on ne pourrait mêler aucune consolation. On avoua cependant qu'il y avait un vers qui avait paru faire le plus grand plaisir à tout le monde. L'auteur voulut savoir au moins quel était ce vers bienvenu ? On lui dit froidement : « C'est le dernier ».

IV.

Où Barbotin fit son entrée dans la bonne société.

Au lieu de l'humilier, la mésaventure provoqua chez le jeune Barbotin une activité créatrice débordante. Que l'on comprenne : il avait écrit un vers ! Il s'empressa d'en trousser quelques autres, et, recopiant les exemples d'harmonie de Monsieur Clérambault, mêla sa comédie de quelques ariettes et récitatifs.

Le chef-d'œuvre achevé, notre ami se mit en demeure de trouver quelqu'un qui pût lui apporter quelque recommandation afin de le porter à la scène. Les Comédiens Français avaient dédaigné ses talents ? Eh bien ! Il irait chez les Italiens ! Ou sur le théâtre de la Foire Saint-Germain ...

Le manuscrit parvint à Fréron. Celui-ci s'empressa de le glisser au fond d'un tiroir. Barbotin, voyant les jours passer sans qu'il ne reçût rien de l'auteur, se présenta chez lui. Fréron le fit entrer, et, comme le jeune génie lui demandait si sa pièce méritait quelque louange, répondit : « Votre livre ? Envoyez m'en un autre exemplaire avec deux louis, vous verrez si je sais louer. »

Il eut plus de chance avec Boindin. Arrivant chez lui avec son manuscrit sous le bras, il eut l'extraordinaire intuition de lui faire part de sa mésaventure survenue à la Comédie Française. Boindin, qui avait eu récemment à s'en plaindre, leva les bras au ciel, en gémissant : « Ne me parlez point d'elle, c'est une vieille catin qui a perdu ses règles ! » Et, sans voir la pièce, il lui donna un mot de recommandation pour Mademoiselle R***, actrice en renom, à qui son âge et sa tournure avaient fait abandonner les emplois d'amoureuse pour ceux de mère, qu'elle n'avait jamais remplis dans l'état-civil, quoiqu'elle y travaillât infatigablement depuis quarante-cinq ans.

Barbotin arriva chez l'actrice, fort intimidé. La Dame, séduite par sa rougeur et sa gaucherie, lui promit de recommander sa pièce à son amant en titre. En effet, elle vivait maritalement – c'est-à-dire, dans un appartement séparé – avec le Fermier Général Corvart, homme fort riche et qui se piquait de mécénat. Sans doute l'aimait-elle de bonne foi, puisqu'elle prenait des précautions pour le tromper.

Voilà notre ami Barbotin nanti d'un mécène, d'une protectrice, et d'acteurs que la Dame lui avait recommandés. Il fut invité chez Corvart, où on le pria de lire ou de chanter quelque extrait de sa pièce.

Courageusement, Barbotin se mit au clavecin, et, s'accompagnant des quelques accords qu'il était parvenu à apprendre aux deux mains depuis sa première expérience, entonna la bergerette suivante, qu'il croyait tout de bon être sortie de son imagination créatrice :

« Que son instrument est charmant,
Dit Margot, justement,
C'est celui qu'il faut
Pour mon pti, pti, pti,
Pour mon trou, trou, trou,
Pour mon pti ...
Pour mon trou ...
Pour mon pti troupeau. »

L'assistance, qui venait à peine de se réveiller après la lecture de passage de l' « Encyclopédie », et un discours du doyen de la Faculté de Médecine sur la description des maladies vénériennes, « où l'on prouvait l'insuffisance des fumigations », ne reconnut pas la chansonnette en vogue, et applaudit à tout rompre pour plaire au maître de maison.

On s'empressa autour du futur génie de l'opéra français, on lui demanda qui seraient les acteurs, et s'il n'y avait pas encore un petit rôle qui ne fût pas encore distribué ? Tant et si bien que Barbotin se trouva contraint d'ajouter quelques répliques à sa pièce afin que dans l'assistance il ne se trouvât personne qui puisse se plaindre d'avoir été refusé par le nouveau protégé, et Monsieur Corvart dut ouvrir les cordons de sa bourse afin de prodiguer quelque avance sur la représentation aux plus désargentés. Et l'on prit rendez-vous pour les premières répétitions.

V.

Comment la pièce ne fut pas aussi bien accueillie du public que des comédiens.

La première représentation de l'infortunée comédie-ballet fut aussi la dernière. Le chanteur remplaçant qui entonna le premier air fut sifflé. Il rétorqua au public : « Et croyez-vous qu'avec six cents livres qu'on me paye par année, j'irais vous donner une voix de mille écus ? »

Piron, présent par hasard dans la salle, reconnut dans le rôle principal un acteur qui avait autrefois joué – fort mal – une de ses pièces. Sachant que l'homme avait été abbé, il lâcha : « Cet homme, qui n'a pas mérité d'être sacré à vingt ans, n'est pas digne d'être excommunié à soixante ». Et il quitta les lieux, suivi par un jésuite qui n'était venu que pour surveiller la conduite d'une de ses pénitentes, et qui pria la dame de le suivre. Celle-ci entraîna son amant avec elle, et plusieurs autres personnes les suivirent, feignant un besoin subit de confession.

La pièce traînait en longueur. Une danseuse arrivait sur scène, et, comme elle débutait par des entrechats, un personnage lui demandait « *Quel motif en ces lieux vous fait porter vos pas ?* » La réplique était : « *Je viens tirer un auteur d'embarras.* » Du parterre, quelqu'un cria : « Ma foi, il était temps ! » Ce fut alors toute la salle qui se joignit au concert des siffleurs amenés là par l'homme qui avait déjà humilié Barbotin. Pour surcroît de disgrâce, l'auteur eut la mortification de distinguer son propre père parmi les siffleurs ; la force de l'exemple, et la crainte de se singulariser avaient obligé le bon homme à suivre le torrent.

Cet échec inattendu mit le pauvre poète dans un étrange embarras. Il avait compté sur la recette de la comédie pour donner le lendemain un grand souper, auquel il avait convié la société de ses persiffleurs.

VI.

Où Barbotin choisit de tourner ses talents vers l'Opéra-comique.

Le jeune Barbotin, se promettant de prendre sa revanche à ce spectacle, fit un Opéra-comique, en collaboration avec un poète à peu près de sa force, dont on venait de siffler une tragédie. Le mauvais succès de leur ouvrage eut les suites ordinaires, et Mademoiselle R*** et son fermier général lui firent savoir que sa présence n'était plus souhaitée chez eux.

Barbotin prétendit que tous les couplets sifflés étaient du poète tragique ; celui-ci soutenait le contraire, que tout ce que lui avait mis dans la pièce avait été applaudi. Une actrice présente à ce démêlé prit le parti du poète tragique. Barbotin, piqué, se permit, contre la chasteté de l'actrice, cette mauvaise épigramme :
« Mademoiselle G***, qui n'a jamais

cru qu'on pouvait refuser un galant homme qui demandait de bonne foi une faveur, compte tous les auteurs au nombre de ses amants ... si l'on peut appeler de ce nom des voyageurs qui vont se désaltérer à une fontaine qui est sur un grand chemin pour la commodité des passants. » La personne lui répondit par un vigoureux soufflet. Le petit homme, furibond, proposa au poète, son associé, de se battre, persuadé qu'ayant la vue très basse, le rimailleur n'oserait jamais accepter le défi.

Fort aiguisé, à la sortie du spectacle, Barbotin mit, pour la première fois, flamberge au vent. Le poète tragique fut obligé de chausser des bésicles, et, comme elles étaient fort lourdes, de les tenir pendant tout le combat, ainsi que sa perruque qui menaçait de quitter son chef, ce qui aurait porté atteinte à sa dignité ; mais même ainsi, il sut appliquer à son adversaire vingt coups de canne bien sentis.

Le balayeur de la Foire Saint Germain, qui était présent au combat, sépara les duellistes à grands coups de balai, alors même qu'ils commençaient à faire des prodiges de valeur.

VII.

Comment Barbotin voulut créer un personnage.

Barbotin s'aventura à confier son embarras pécuniaire au chef de la société persifflante, qu'il croyait être de son côté. Celui-ci, prenant d'abord l'air désespéré de se trouver sans argent, et par conséquent de ne pouvoir être d'aucun secours au petit homme, eut l'air d'imaginer expédients sur expédients pour lui en procurer. Enfin il proposa à Barbotin d'aller le lendemain se présenter au spectacle de pantomime de Servandoni, pour y jouer sous le masque, et moyennant une honnête rétribution, le rôle de Cerbère dans la « Descente d'Énée aux Enfers ».

Il ajouta que, n'étant pas connu de Servandoni, et devant d'ailleurs être bien sûr du secret, Barbotin ne devait avoir aucune répugnance à se servir de cette ressource ; que c'était même une occasion de développer tous ses talents, et qu'il y avait peut-être un genre à créer dans la pantomime des monstres ; en un mot, que, s'il réussissait, non seulement il pouvait se flatter que Servandoni le retiendrait jusqu'à la clôture de son spectacle, mais qu'il pouvait se faire de cet expédient passager une ressource permanente, même à l'Opéra, des monstres de distinction.

Barbotin trouva l'imagination très heureuse ; il se proposa même de s'amuser beaucoup en jouant ce rôle, auquel il prétendait bien, disait-il, donner une physionomie.

Il se présenta, et fut arrêté à raison d'un écu par jour. Il fit d'abord des merveilles dans un rôle jusqu'alors immobile ; mais, entraîné par la passion, à force d'agiter ses trois têtes, le masque tomba, et l'homme resta. Il fut reconnu, sifflé, et même hué.

De plus, en sortant, un des spectateurs lui soutint qu'il avait fait des contresens dans son rôle, et qu'au lieu d'un bon Cerbère, on n'avait vu en lui qu'un mauvais chien bâtard, dont on n'aurait pas été étonné d'apprendre qu'il fût galeux.

VIII.

De l'expédition provinciale de Barbotin, et des suites fâcheuses qui la terminèrent.

Les jours passaient, et notre ami Barbotin ne voyait guère d'issue à l'état désastreux dans lequel se trouvaient ses finances, privé qu'il était des ressources paternelles : son digne père, en effet, s'était rendu en Écosse afin d'y consulter un célèbre chirurgien qui venait d'inventer des bandages élastiques propres à contenir les hernies ou descentes dont il souffrait ; et sa mère était allée prendre les eaux de Bade, sur les conseils de ses astrologues.

Un ami, le sachant un passable joueur de quinte[1], lui démontra qu'il

---

[1] *Instrument à archer voisin de l'alto actuel.*

lui serait très profitable de disparaître de Paris pendant quelque temps ; la société de persiffleurs qui l'accablaient se trouverait contrainte de chercher un autre objet de risée ; bien plus, la découverte de nouveaux paysages pourrait lui inspirer quelque composition originale.

Et l'ami de lui vanter l'air miraculeux de la ville de Nevers : le mois dernier, en la paroisse de Saint Troüé, on avait marié un homme âgé de cent huit ans ; l'église avait à peine suffi à contenir tout le monde ; les dames qui s'y trouvaient avaient obligé le nouveau marié à danser au sortir de l'église, ce qu'il avait fait fort agréablement.

Et justement, la place de joueur de quinte en l'opéra de cette ville se trouvait vacante, par suite du départ de Monsieur de C***. Ce jeune musicien, en effet, avait épousé sa cousine ; le soir de leurs noces et avant la consommation, ils furent dans le même moment tous deux inspirés d'embrasser un état de vie plus parfait, et entrèrent tous deux en religion.

Barbotin ne prêta qu'une médiocre attention au récit de la vocation subite de Monsieur de C***, mais fit sur le champ ses bagages et se présenta au théâtre de la ville où il fut engagé.

Il apprit à ses dépens que, dans plusieurs villes de province, ce sont les officiers municipaux qui tiennent la police du spectacle, et que ces gens n'ont pas toujours les compétences musicales que l'on souhaiterait. Il n'y avait pas une semaine qu'il exerçait sa charge, qu'un de ces messieurs le convoqua et lui fit des reproches sur sa négligence. Notre pauvre ami, qui connaissait l'étendue du pouvoir municipal, et tenait à conserver son emploi, ne le contraria qu'avec tout le respect possible, et lui demanda très timidement quels étaient les griefs qu'il avait contre lui, ou si on lui avait porté des plaintes.

« Oh ! Je n'ai besoin de personne, Monsieur, lui rétorqua-t-on, j'ai deux yeux, et je vois bien que vous vous reposez la moitié du temps pendant que les autres violons jouent.

— Mais je ne joue pas du violon, Monsieur !

— Vous mentez, je vous en ai vu un.

— Je vous demande pardon, je joue de la quinte.

— De la quinte ! De la quinte ! Ne faites pas l'insolent, croyez-moi, et qu'il ne vous arrive plus de rester les bras croisés quand les autres jouent, comme vous l'avez fait hier dans l'opéra.

— Ah, Monsieur, je comptais mes pauses ...

— Qu'est-ce que c'est, Monsieur, « conter des poses » ? Conter des gaudrioles ?

— Mais non, Monsieur, il y avait un « *Tacet Allegro* », et ...

— Comment ? « Tassé, talé, gros ? » Je crois que vous me tenez des propos diffamatoires. En prison.

— Mais, Monsieur ...

— En prison, vous dis-je ! Ah ! Je vous apprendrai à vous méfier d'un homme en place ! ».

On emmena le pauvre garçon à la prison de la ville. Il lui aurait été fort simple de faire quérir l'un des plus anciens parmi les musiciens, qui aurait pu expliquer à l'officier borné son erreur, ou même de se présenter en sa compagnie. Mais l'affolement, et cette fatale tendance qu'avait notre ami à subir les persécutions des autres, même à Nevers, où nul n'avait eu connaissance de ses exploits passés, le poussèrent, pour sortir de cet état, à faire appel à un ami de son père à Paris. Celui-ci intervint, et Barbotin fut libéré.

Mais l'ami influent, que l'aventure avait fort diverti, s'empressa sans malice aucune de la répandre sur la place, établissant ainsi définitivement la réputation de bouc émissaire du malheureux artiste.

IX.

Où les espérances de Barbotin furent brisées par la faute d'une culotte.

Cette aventure provinciale eut pour effet de fortifier la veine compositionnelle de notre ami. En effet, l'ignorance de l'officier municipal touchant à la différence entre le violon et la quinte, ou quinton, qui plus tard allait évoluer jusqu'à devenir l'alto, l'avait outré et décidé à faire connaître et apprécier à sa juste valeur cet instrument dont le jeu l'avait séduit quelques années auparavant. En effet, il avait abandonné l'étude du violon pour celle de la quinte qui avait l'avantage de ne jouer que des parties d'accompagnement en valeurs longues ou en notes répétées.

La lecture d'un article intitulé : *« Dissertation sur la Tarentule et contre l'opinion où l'on est que sa piqûre cause des accidents qui ne peuvent être guéris que par la musique »* avait outré sa digne mère que ses devins, voyantes et astrologues ordinaires avaient persuadée, lorsqu'elle avait décidé que son fils apprendrait la musique, que cet art possédait la vertu de guérir de tous les maux.

Aussi, tant pour lui faire plaisir que pour prouver ses talents universaux, composa-t-il une « Sonate Miraculeuse » pour quinte et basse. Afin d'accroître les effets bénéfiques de l'œuvre, il eut soin de préciser en tête de celle-ci, suivant en cela les recommandations de l'Abbé Roussin, qui avait lors de sa naissance tracé son avenir, que cette pièce, écrite dans la tonalité de *DO,* devait être par préférence jouée un jeudi, jour gouverné par la planète Jupiter, qui gouvernait également la note *DO*. Ce détail égaya la société de concert à laquelle il envoya la partition, et qui accepta de la recevoir à son assemblée mensuelle, qui tombait précisément un jeudi.

Notre ami Barbotin, tout excité, s'en alla annoncer la nouvelle à qui voulait l'entendre. Il eut le malheur d'en faire part à une assemblée de musiciens, et l'un d'eux, qui avait lui-même envie de faire exécuter une œuvre avant celle du petit homme, se promit bien de l'empêcher d'aller ce fameux jeudi à l'assemblée. Ce fut précisément celui qui le félicita davantage, et qui l'exhorta le plus sérieusement du monde à ne pas manquer à ce rendez-vous.

Dans la joie qu'inspiraient à Barbotin les magnifiques espérances qu'il fondait sur sa sonate, on lui proposa un souper qu'il accepta. On le mena dans un quartier de Paris des plus éloignés, chez des personnes qui s'étaient déjà diverties quelquefois aux dépens du poète et compositeur, et qui furent charmées de le recevoir. On tint table longtemps, et, vers la fin du souper, on tourna exprès la conversation sur les accidents où l'on est exposé la nuit dans les rues. On raconta des histoires effrayantes d'assassinats et de vols, on parla d'une aventure tragique arrivée récemment dans le quartier même où l'on soupait. Une jeune dame, qui habitait au bout de la rue, sembla fort s'émouvoir de ce qu'elle devait absolument rentrer chez elle. Le maître de maison la rassura en faisant quérir pour l'accompagner deux valets de haute taille, à qui il recommanda d'être sérieusement armés. Ils revinrent peu après rassurer l'assemblée de ce que la dame était rentrée chez elle sans encombre. L'imagination du petit homme, disposée à recevoir toutes sortes d'impressions, fut si vivement ébranlée que, pour rien au monde, il n'eût osé s'en retourner ce soir-là chez lui, dans l'éloignement où il se trouvait, les valets devant raccompagner d'autres personnes dans un quartier plus proche mais dans la direction opposée. Il avoua naïvement sa frayeur ; tout le monde eut l'air de la partager ; on lui dit qu'on ne devait jamais combattre ces mouvements secrets, qui sont très souvent d'utiles pressentiments des plus grands malheurs. On le retint à coucher, lui et quelques autres personnes de la compagnie.

Barbotin, soulagé de sa crainte, ne demanda qu'une grâce : qu'on ait l'attention de le faire éveiller le lendemain d'un peu bonne heure, pour qu'il ne manque pas l'assemblée des musiciens. On le lui promit, et, dans cette confiance, il s'endormit.

Pendant son premier sommeil, on s'empara de sa culotte, et l'on appuya fortement la pointe d'un canif sur les quatre principales coutures, de manière à ce qu'elles puissent se rompre infailliblement le lendemain, et toutes à la fois, au plus léger effort.

On pense bien qu'on ne fut pas fort soigneux d'éveiller le petit homme à l'heure qu'il avait demandé qu'on le fît. Comme il avait donné la veille ample carrière à son appétit, qui n'était pas médiocre, il ne s'éveilla de lui-même que vers les dix heures. Étonné qu'il fît si grand jour :

« Comment, Messieurs », dit-il en s'élançant hors du lit, « il me semble que je n'avais qu'à compter sur vous ». Il s'approcha d'une pendule, et vit, en frémissant, que dix heures allaient sonner. « Vite, un perruquier », cria le petit homme, « je n'ai pas un instant à perdre ». Le perruquier arriva, et, comme il faisant assez chaud, notre compositeur resta en chemise tout le temps qu'on mit à l'accommoder.

Cependant, par ses impatiences, il déconcertait le malheureux perruquier, en lui disant à toutes minutes : « Mais finissez donc, vous voyez que le n'arriverai jamais ».

Enfin, la toilette achevée, il vola à sa culotte, et, voulant y passer une jambe, la fit se séparer en deux parties. C'était la perfidie la plus propre à faire perdre à l'infortuné le peu qui lui restait de raison.

« Morbleu, Messieurs », s'écria-t-il « le tour est abominable, et je ne vous pardonnerai de ma vie. Il s'agit de mon œuvre, de ma gloire, de l'affaire la plus essentielle pour moi, et c'est ainsi que vous me traitez. Mais vous en aurez le démenti. Je me rendrai, mort ou vif, à l'assemblée ». Il courut à la cuisine, suppliant à genoux la cuisinière de vouloir bien, au plus vite, reprendre à longs points les quatre fatales coutures dont dépendait la solidité de sa culotte.

La cuisinière entreprit l'ouvrage ; mais comme il la trouvait lente ! Il ne faisait qu'aller et venir de la cuisine à la pendule, et de la pendule à la cuisine, renouvelant à chaque mouvement de l'aiguille ses imprécations contre les destructeurs de sa culotte. Onze heures allaient sonner ; le fatal haut-de-chausses fut enfin rapporté par la cuisinière. Barbotin, transporté de joie, voulut y passer la jambe ; mais, à son grand étonnement, la mesure se trouva avoir été si mal prise, que, sa jambe ne pouvant y entrer, il désespérait à plus forte raison d'y pouvoir faire entrer la cuisse. Cependant, la maligne cuisinière, en riant aux larmes, le priait d'excuser si elle n'était pas plus adroite dans un métier qu'elle n'avait fait de sa vie.

Barbotin, bouffi de colère, ne perdit pas encore l'espérance ; il demanda un commissionnaire qu'il expédia chez lui avec un billet, par lequel il demandait promptement une culotte. On intercepta le billet ; midi sonna, et le commissionnaire n'était pas encore revenu. Le malheureux petit homme était désespéré. On lui dit froidement qu'il avait eu grand tort d'envoyer chercher une culotte par un commissionnaire qu'il ne connaissant pas ; que ce larron avait bien pu s'être laissé tenter par le besoin pressant que lui-même paraissait avoir d'une culotte. Nouvelle perplexité du petit homme, dont l'impatience fut changée en fureur.

Il prit alors le seul parti qui lui restait. Après avoir assujetti, par-devant et par-derrière, les basques de son habit, avec quelques épingles, il s'en retourna chez lui sans culotte. Le temps d'en passer une et de se rendre à l'assemblée, il arriva alors que la compagnie sortait, et son œuvre ne fut reçue que le mois suivant. Et ce ne fut que bien plus tard qu'elle eut le bonheur d'être sifflée.

X.

*Comment on imagina
d'introduire Barbotin à la cour.*

Une des tantes de Barbotin, qui vint à mourir, lui laissa une petite succession d'environ un millier d'écus. Le petit homme, qui de sa vie n'avait jamais possédé une pareille fortune, ne parlait à tous ses amis que de l'emploi qu'il pourrait bien faire de cet argent, au grand désespoir de son digne père, qui s'évertuait à lui suggérer des placements plus judicieux que ceux suggérés par la société de persiffleurs que fréquentait son fils.

On lui proposa, comme vacante, la charge d'« écran » des petits appartements. Les fonctions de cette charge consistaient, disait-on, à garantir les jambes du Roi de l'action du feu, en se tenant debout, quand Sa Majesté se chauffait, entre Elle et la cheminée. On lui vanta beaucoup toutes les prérogatives attachées à cette place, outre l'honneur d'approcher de si près la personne du Roi, et de se trouver souvent en tête-à-tête avec lui. Un homme de son mérite, avec la charge d'« écran », pouvait se flatter du plus grand crédit, et peut-être de gouverner un jour l'État.

Enivré de ces magnifiques espérances, Barbotin aurait voulu traiter sur-le-champ ; mais on lui fit entendre qu'il ne s'était pas encore éprouvé, et qu'avec tout son zèle il pourrait bien ne pas s'acquitter convenablement des fonctions de cette importante charge, s'il n'en faisait auparavant une espèce d'apprentissage.

On ne pouvait lui dissimuler, par exemple, que le feu chez le Roi ne fût toujours très ardent, et que, pour garantir les jambes de Sa Majesté, il ne courût souvent le risque de brûler les siennes. Il est vrai, pourtant, ajoutait-on, que l'habitude diminuait insensiblement le danger, que la peau s'endurcissait au bout de quelques mois d'exercice, et que, la sienne n'étant pas de la plus grande délicatesse, elle pourrait se familiariser avec le feu plus tôt que toute autre. On lui conseilla de faire tout de même quelques épreuves avant de traiter. Il était dans le moment si frappé des brillants avantages de la charge, qu'il consentit à l'essayer sur-le-champ. On le fit donc approcher de très près d'un grand feu qui lui rôtissait les mollets, et on le contint dans cette position le plus longtemps qu'il fut possible. Il faisait de temps en temps des grimaces qui divertissaient fort les spectateurs.

Enfin, on eut pitié de lui ; on trouva que c'était assez pour une première séance, et il convint qu'avant de traiter, il avait encore besoin de se fortifier par quelques répétitions.

Le seul à être rassuré dans l'affaire fut Monsieur Barbotin père qui avait cru un instant la proposition vraie, et respirait, alors qu'il avait deviné la plaisanterie, de ce que les amis de son fils ne s'y étaient livrés que pour le divertissement, sans que cela entamât sa bourse.

XI.

Comment Barbotin fit un souper fort agréable, dont la digestion fut étrangement troublée.

Un jour, on mena Barbotin souper chez des filles qu'on eut soin de lui présenter comme des Demoiselles de la meilleure société et de la plus grande influence dans les milieux artistiques. L'une d'elles était, à ce qu'on lui dit, très richement entretenue par un des principaux officiers des mousquetaires noirs. La vive impression de joie qu'eut le petit homme de se trouver en si bonne compagnie le rendit presque aimable ; mais sa vanité n'y perdit rien. Elle fut même gonflée à l'excès par les caresses que lui faisaient à l'envi toutes les demoiselles, qui savaient d'avance leur rôle. Elles s'extasiaient à tous les bons mots que notre ami croyait dire, et l'enivrèrent complètement de vin, de désir et d'orgueil. On voulut lui faire réciter des pièces de vers ; notre héros, admirant le chat de la maison, se souvint de quelques vers du *Mercure* qu'il présenta comme étant de son cru, et qui relataient en vingt quatrains les lamentations d'une Dame qui venait de tuer accidentellement son chat :

« ... *Ma chatte expire : Ô Destin rigoureux !*
Je viens de l'étrangler en fermant une porte.
Quoi ? Ma main a commis ce forfait odieux !
Et, sans crier, ma chatte est morte... »

(Nous épargnerons au lecteur la suite de cet impérissable poème ...)

Il fut fort applaudi, et rien n'était plus plaisant à voir que les efforts qu'il faisait pour plaire à des filles qui, tout au plus, savaient lire.

La gaieté fit à son comble lorsqu'il rapporta cette réflexion du Comte de Charolais, qu'il tenait d'une petite actrice. Le Comte, grand buveur, avait d'une fille d'Opéra un fils de quelques mois. L'enfant tomba malade ; on lui donna de l'eau-de-vie. Il mourut. Le Comte fit ce commentaire : « Il n'était sans doute pas de moi, puisque cela l'a fait mourir !».

Et tout le monde entonna ce gai refrain :

« Lucas, du cabaret sortant la panse pleine,
Chancelant, disait à Lubin :
Il n'est pas vrai, morbleu, qu'un seul verre de vin
Soutienne un homme, car je viens tout d'une haleine
D'en avaler un broc, et je tombe en chemin. »

Le souper tirait à sa fin, lorsqu'on entendit tout-à-coup un grand bruit à la porte de la rue. À la consternation simulée d'une des demoiselles, le petit homme fut saisi d'une frayeur bien réelle. Elle augmenta sensiblement à l'apparition du redoutable officier des mousquetaires qui, se promenant à grands pas dans la salle où l'on mangeait, lançait sur l'assistance des regards pleins d'une jalouse fureur. Un des convives le pria de bien vouloir, se mettre à table et de prendre part à la gaieté générale, qu'il ne voulait sans doute pas troubler.

La réponse de l'officier fut foudroyante, et dirigée sur Barbotin, qui ne s'attendait pas à se voir seul en butte à sa mauvaise humeur. Il déclara en bégayant qu'il n'était pas dans l'usage de sa battre après souper, que d'ailleurs il était pénétré du plus profond respect pour Messieurs les Officiers des Mousquetaires, et, qui plus est, qu'il avait le droit ... de le respecter particulièrement pour son bon goût. La demoiselle dont il était question était recroquevillée sous la table, en feignant la plus grande terreur d'être découverte par son amant.

Tout le sérieux du prétendu officier eut beaucoup de peine à ne pas échouer contre la terreur qu'il inspirait à son petit rival. Il sortit, en lui promettant bien de le retrouver, et en lui jetant un coup d'œil terrible.

On crut la plaisanterie terminée ; mais notre poltron de Barbotin trouva moyen de la renouveler, lorsqu'il fut question de descendre et de gagner la rue : « Messieurs, Messieurs », dit-il d'une voix tremblante, « Si ce fier-à-bras nous avait tendu sur l'escalier quelque piège ! »

On loua sa prudence, et on feignit de descendre avec les plus grandes précautions. Cependant, le petit homme eut grand soin de ne descendre que le dernier. Il était à peine dans la rue, qu'il fut tout-à-coup environné d'épées nues, qui se croisaient en tous sens autour de sa petite personne. Lui-même avait mis l'épée à la main, plutôt par un mouvement de terreur que pour songer à se défendre. En effet, loin de songer à en faire usage, il attendait, dans un stupide étonnement, la fin de cette tragédie. La nuit et la frayeur lui avaient tellement offusqué les yeux, qu'il ne reconnaissait plus personne.

Cependant, les voisins, qui n'étaient pas dans le secret de la plaisanterie, commencèrent à se mettre aux fenêtres, et plusieurs, effrayés sans doute de ce grand cliquetis d'épées nues, crièrent : « À la garde ! ».

Les suites du jeu pouvaient donc devenir sérieuses. Un des acteurs de la farce, frappé de cette réflexion, imagina de saisir d'un bras vigoureux le tremblant Barbotin, et l'entraîna avec l'aide d'un autre des convives loin du lieu de la scène. Là, le tirant dans une discrète encoignure, avec beaucoup de mystère, il lui dit du ton le plus propre à le persuader :

« Morbleu, mon ami, quel terrible coup d'épée tu viens de porter ! L'officier en a pour la vie. Fuyons au plus vite, il n'est pas prudent de passer la nuit dehors, près d'un cadavre ».

Qui le croirait ? Notre petit spadassin, passant tout-à-coup de la peut à l'audace la moins vraisemblable, se persuada de la chose au point de répondre :

« Tu l'as donc vu ? Mon ami, tu l'as donc vu ? »

On l'emmena comme en triomphe, en ne lui parlant que de sa bravoure, et de la terrible quarte sous les armes qu'il avait portée à son ennemi. De temps en temps, néanmoins, on lui rendait un peu de frayeur, en feignant de croire qu'il ne fût blessé.

L'autre ami l'emmena coucher chez lui ; et le nouveau brave était à peine endormi, qu'on prit soin de percer de coups d'épée ses habits de part en part. Le lendemain, dès qu'il s'éveilla, on ne manqua pas de lui rappeler l'effroyable aventure de la nuit. On lui dit que c'était un miracle qu'il fût réchappé d'une action si chaude sans aucune blessure, et qu'infailliblement ses habits devaient être criblés. Le petit homme s'empressa aussitôt de les visiter, et s'évanouit à la vue du danger qu'il avait couru.

Cependant, il était question de savoir ce qu'on disait à Paris de la mort de l'officier. On affecta les plus grandes inquiétudes ; on sortit pour aller s'instruire, on revint avec les nouvelles les plus accablantes : on commençait à soupçonner l'auteur du meurtre, et bien des gens au Palais-Royal voulaient que ce soit un assassinat, attendues la force et la bravoure bien connues du défunt. Le guet à cheval et le guet à pied marchaient, disait-on, nuit et jour, pour pouvoir s'assurer du meurtrier.

Barbotin, plus mort que vif, imagina, pour se dérober aux poursuites de la justice, de se faire enfermer dans une maison de pénitence. Il pria l'un des acteurs de bien vouloir l'y mener, en se faisant passer pour un de ses parents. L'idée parut d'abord si plaisante, qu'on le conduisit en effet à Sans-Lazare. Il se jeta aux pieds du supérieur, et lui demanda d'avoir la charité de l'enfermer dans sa maison. Le prétendu parent joignit ses prières aux siennes, disant que quelques mois de correction pourraient faire rentrer dans le bon chemin un jeune homme, qui avait eu le malheur de s'égarer, et que son repentir prouvait bien que l'on ne devait jamais désespérer d'un mauvais sujet. Le supérieur convint que la physionomie du coupable déposait évidemment contre lui, et qu'il ne paraissait que trop digne des châtiments auxquels il voulait se soumettre ; mais qu'on ne pouvait le recevoir en ces lieux sans un ordre signé d'une autorité religieuse.

Barbotin, désespéré, se détermina à sortir de France, et, se trouvant à côté de la Foire Saint-Germain, se souvint du poète tragique avec qui il avait eu sa première algarade, et espéra que, le temps passé, son confrère pourrait accepter ses excuses, et lui prêter quelque argent pour son voyage.

L'on peut juger ici du désarroi dans lequel était plongé notre ami, qui se trouvait sur le point de flagorner un homme que, la veille encore, il eût traité de mauvais rimailleur, et qu'il avait rendu responsable de ses échecs au théâtre.

On le loua fort de cette initiative ; mais, à peine était-il entré dans la première cour de la Foire, qu'il fut arrêté par un prétendu exempt des Maréchaux de France, muni d'un signalement qu'il fit semblant de lire, et dont la seule vue du sujet lui confirma l'exactitude. Barbotin, fort effrayé, lui demanda d'une voix défaillante pourquoi on l'arrêtait ?

« Pour avoir assassiné de vingt-deux coups d'épée, hier au soir, dans la rue Saint-Honoré, Monsieur de S***, officier des Mousquetaires », lui répondit l'« exempt », en lui liant les mains. « Et, grâce au Ciel, vous serez pendu mardi prochain, à ce que j'espère ». C'était un samedi, et notre malheureux héros, qui se voyait n'avoir plus que trois jours à vivre, demanda où on allait le conduire :

— Où vous voudrez, jusqu'à sept heures du soir », répondit l'exempt, « mais ensuite au Châtelet, au cachot et au secret ».

Barbotin le supplia de vouloir bien, en attendant, le mener au Palais-Royal. Il espérait y rencontrer quelques-uns de ses « amis », qui pourraient le tirer de ce mauvais pas. On pense bien que le criminel innocent, dont toutes les démarches étaient dirigées, sans qu'il s'en doutât, ne manqua pas de trouver ceux qu'il cherchait.

« Je dois être pendu mardi, et voici mon garde », dit-il à voix basse à l'un d'eux.

— Pendu mardi ? Cela est bien preste, et la chose me paraît impossible.

— Rien n'est pourtant plus vrai, mon ami. La juridiction des Maréchaux de France est terrible ; il n'en est point de plus expéditive. Jamais de grâce à ce sévère tribunal ».

En disant cela du ton de l'homme le plus persuadé du monde, Barbotin ne faisait que répéter ce que son garde lui avait dit en chemin. Il demandait très instamment du poison, pour se dérober à la répugnance qu'il avait eu toute sa vie, de mourir étranglé par une corde. Quelquefois cependant, il semblait se résigner à son sort. Il se bornait à désirer que l'exécution fût anonyme, et que la famille eût le crédit de faire disparaître la publication de la sentence.

Mais ce qui paraissait l'agiter de la plus cruelle frayeur, c'était l'horreur d'être disséqué après sa mort. Son imagination ne pouvait se familiariser avec ce spectacle. On compatissait à ses craintes sur tout le reste, mais il parut plaisant de lui tenir rigueur sur cet article : c'était, lui disait-on, une grâce qu'il ne devait jamais espérer, vu le religieux préjugé qui privait les chirurgiens des cadavres des hôpitaux, et qui n'accordait aux progrès de l'anatomie que ceux des malfaiteurs. Il devait bien convenir qu'il était prudent d'essayer sur un organe d'un corps fraîchement décédé un nouveau remède, tel celui que l'on préconisait pour guérir la pierre et la gravelle, avec des coquilles d'œufs et des limaçons calcinés. Barbotin, dont le cœur remontait au bord des lèvres, crut bon de signaler qu'il ne souffrait point de semblables affections. Mais, au moins, lui répliqua-ton, l'examen de ses jambes – notre ami les avait quelque peu torses – pourrait prouver que telle ou telle méthode de danse, et l'on savait que celles des maîtres qu'il avait eus ne convenaient point, était ou non à recommander pour acquérir une silhouette élégante. Un professeur ne venait-il pas d'inventer un nouveau pas de danse propre à redresser les boiteux ?

Le futur sujet d'anatomie dédaigna ces honneurs trop posthumes à son gré, et fit, pour la première fois, preuve de modestie :

« Cela serait bon, dit-il, si j'étais un bel homme ! »

On lui répondit que personne ne pouvait contester qu'il ne fût fort laid, mais que la beauté d'un sujet d'anatomie ne consistait pas dans la proportion des traits ; que cette science ne s'arrêtait point à l'écorce, et que même une conformation un peu monstrueuse ne pouvait le rendre qu'un sujet plus brillant pour un Amphithéâtre.

Son imagination, loin de s'éclaircir sur l'absurdité des propos qu'on lui tenait, frémissait de toutes ces folies ; il croyait déjà sentir la pointe du scalpel. L'aliénation de ses idées en tumulte, et le vif sentiment d'effroi qui se répandait sur toute sa figure firent enfin sentir que le jeu avait été poussé trop loin. Un des persifleurs, apercevant un de ses amis, un homme d'âge et dont la figure évoquait la sagesse d'un satrape antique, jugea qu'il était à propos de faire intervenir ce nouvel acteur. Ce comparse, qu'on eut bientôt mis au fait, se présenta comme un juge au tribunal et vint lui annoncer, avec beaucoup de circonlocutions et de ménagements, non pas une grâce – ce qui aurait pu lui causer une attaque dangereuse – mais un sursis qui lui permettait de jouir de sa liberté. Le pseudo-garde, au même instant, disparut.

Barbotin, malgré le sursis, ne fut tranquille de longtemps ; il ne cessait de regarder autour de lui, pour s'assurer qu'il était véritablement libre. Enfin, ne pouvant se guérir de sa crainte, et persuadé de plus en plus qu'il avait tué l'officier, il dit à ceux qui l'accompagnaient :

« Me conseilleriez-vous, mes amis, de me fier à ma prétendue liberté, et d'attendre que de nouveaux indices viennent me replonger dans l'abîme d'où je suis à peine sorti ? Non, non, Messieurs, je ne m'exposerai pas à ce danger. Adieu, je pars. »

Et véritablement il partait. On l'empêcha, en lui disant que peut-être il était observé, et qu'une fuite précipitée pourrait fournir contre lui les seules preuves décisives qu'il eût à craindre. On revint sur ce signalement exact et terrible, dont l'impression si marquée sur lui, comme on l'a vu, subsistait encore. Ce signalement pouvait être consigné à toutes les barrières, et le faire arrêter de nouveau, précisément par l'empressement qu'il mettrait à s'enfuir. Le petit homme convint qu'on avait raison. Il souhaita le bonsoir à la compagnie, en disant que le lendemain, ce maudit signalement ne l'inquièterait plus.

XII.

*Où Barbotin trouva moyen
d'éluder son signalement.*

Notre petit Monsieur Barbotin ne devait à la nature, assez peu libérale à son égard, que d'assez beaux cheveux blonds, dont sa tête était bien garnie. Dans la frayeur qui l'agitait encore, il imagina de les cacher sous une vaste perruque noire, qu'il emprunta d'un clerc de notaire. Il se noircit en même temps les sourcils avec du liège brûlé et de l'huile ; il emprunta du même clerc un vieil habit noir. Mais, comme le clerc était fort grand, et Barbotin particulièrement petit, cet habit lui servait, en quelque sorte, de robe de chambre.

Dans cet équipage, qui le rassurait contre ses craintes, il alla voir un de ceux qui avaient eu le plus de part à ses aventures de la veille. Celui-ci feignit de le méconnaître, et notre ami ne se sentit pas de joie. Cependant, pour lui dessiller les yeux sur l'absurdité de ses frayeurs, et en terminer avec cette aventure, on l'engagea dans un souper où se trouvaient en personne le prétendu garde des Maréchaux de France qui l'avait arrêté, ainsi que le pseudo-juge qui était venu lui annoncer qu'il était libre, et même le pseudo-officier des Mousquetaires dont il se croyait homicide.

Barbotin, persévérant dans son trouble, non seulement ne reconnut aucun des protagonistes, mais raconta à l'officier qu'il était censé avoir tué comment il avait eu le malheur de lui porter une botte terrible, et de l'étendre sur le carreau. On peut juger de la surprise de ceux même qui avaient imaginé la plaisanterie.

Comme on voyait donc que le petit homme ne voulait absolument pas se désabuser de toutes ses visions, un d'eux, faisant semblant de parler à l'oreille du prétendu garde, mais parlant assez haut pour que Barbotin pût l'entendre, demanda si véritablement l'affaire était assoupie, de manière à ce que notre ami n'ait plus de risques à courir. Le prétendu garde affecta de répondre fort évasivement ; il convint qu'il y avait encore quelques mesures à garder. Il ajouta qu'il ne fallait pas que Barbotin se montre encore trop publiquement ; qu'il ferait bien, surtout, de conserver l'espèce de masque dont il était affublé, et qui le rendait très difficile à reconnaître. Mais, lui répliqua aussitôt l'homme qui feignait toujours de lui parler à l'oreille, si par malheur on vient à découvrir que sous cette méchante perruque noire, l'homme cache ces beaux cheveux blonds si bien désignés dans son signalement, cela ne fournirait-il pas contre lui un supplément de preuves suffisant pour le faire arrêter de nouveau ? Le garde répondit qu'en effet cela pourrait tout réveiller.

À ces mots, notre héros, retombant dans ses extravagantes frayeurs, s'écria d'une voix lamentable :

« Ah, Messieurs, je vous entends bien ; il n'est que trop vrai que ces maudits cheveux pourraient me jouer quelque mauvais tour, et j'en dois le sacrifice à ma sûreté ».

Il ôta aussitôt sa perruque, et donna lui-même me premier coup de ciseaux dans ses cheveux. La compagnie acheva alors de lui rendre le bon office de le tondre complètement ; et, comme le pseudo-garde mettait aussi la main à l'ouvrage, Barbotin ne se lassait pas de lui témoigner sa reconnaissance, et de dire tout bas à ses amis :

« Voyez comme il y a d'honnêtes gens partout ! Ce galant homme veut bien m'aider lui-même à me soustraire à la rigueur du tribunal dont il est le ministre. Je n'oublierai de ma vie ce trait d'humanité. »

Le moment vint de rentrer chez soi ? Chacun se proposa de raccompagner le héros de la farce ; l'un le prit par un bras, l'autre par une jambe, un troisième s'agrippa à son habit, si bien que notre homme, qui peu de temps auparavant tremblait à l'idée de mourir étranglé, cria qu'il ne désirait point être écartelé. Dans la bousculade, la perruque noire du clerc de notaire fut mise en pièces ; l'on fit avec un linge un turban à notre héros. Il allait s'en retourner ainsi coiffé, lorsque quelqu'un fit remarquer que cette sorte de coiffure était de nature à faire se retourner les passants ; que, s'il était flatteur d'être confondu avec l'ambassadeur de la Sublime Porte, notre homme risquait les pires ennuis si l'on s'apercevait qu'il ne parlait pas un mot de turc ; et que, dans sa position, cette sorte d'aventure était propre à le perdre pour de bon.

Après un moment de désordre où chacun se proposa, qui de lui offrir un livre de grammaire turque, qui de l'instruire dans la religion de Mahomet, la compagnie décida de lui attribuer la perruque de l'Abbé Pépin, dont la couleur rouge était, disait-on, de nature à lui changer tout-à-fait la physionomie.

La tête de notre ami étant, à l'encontre de celle du clerc de notaire, bien plus grosse que celle du digne abbé, chacun lui enfonça la perruque, tira, appuya sur le crâne du malheureux homme qui manqua goûter à un supplice de plus, celui d'être assommé.

L'abbé, un peu contrarié et inquiet de voir sa perruque ainsi malmenée, se consola en improvisant sur-le-champ une épigramme où il se lamentait de passer du personnage de Pépin le Bref à celui de Charles le Chauve. On l'applaudit, et l'on commanda sur-le-champ une musique à Barbotin, afin que cet impérissable quatrain puisse avoir les honneurs de la scène : l'abbé avait tant de relations à l'Opéra-comique qu'il se trouverait bien quelqu'un pour l'exécuter. Barbotin, tout meurtri qu'il était, se souvint que l'Abbé Pépin était le confesseur des Demoiselles de l'Opéra-Comique :

« *Le matin catholique et le soir idolâtre,*
 Il dîne de l'autel et soupe du théâtre », disait de lui l'«Almanach des gens d'esprit ». Mais notre héros, trop épuisé par ses aventures, ne put profiter de cette nouvelle relation dans le monde du théâtre, et se laissa enfin ramener chez lui.

XIII.

Comment Barbotin faillit devenir le compositeur officiel de la Sublime Porte.

Barbotin, épuisé par les émotions, passa quelques jours enfermé chez ses parents. Sa digne mère le noya dans les tisanes et l'englua dans les onguents destinés à faire repousser les cheveux, tous remèdes que ses astrologues et autres devins lui avaient conseillé d'administrer au patient à certaines heures et lors de certaines phases de la lune, afin qu'ils produisissent leur meilleur effet.

Ces traitements réussirent si bien à notre héros, qu'il en éprouva le désir de composer quelque chef-d'œuvre en vers et musique. De ceci il peut être prouvé qu'il n'existe aucun remède à la sottise, quelque acharnement que l'on mette à soigner une tête. Un ouvrage retrouvé au fond d'un placard avait quelque temps distrait notre génie ; il s'intitulait : « *Traité Historique de l'Origine et des Progrès du Café, tant dans l'Asie que dans l'Europe* ». L'auteur y assurait que, si quelqu'un était dans un assoupissement qui tendait à la léthargie, le café le tirait de cet état et le tenait éveillé. Ce n'était pas là, ajoutait-on, l'empêcher de dormir, mais l'empêcher de mourir. Cette assertion émerveilla notre naïf héros, qui s'empressa de faire une grande consommation de ce breuvage qui rendait éternel.

Sa veine créatrice produisit quelques couplets où l'on pouvait relever quelques rimes à peu près justes. Une lecture assidue du « *Mercure de France* » avait au moins appris à notre héros quelques éléments de la versification.

Le café produisant son effet salvateur, Barbotin passa la nuit à composer la musique de son ariette. Il ajouta une introduction au clavecin, constituée des cinq accords de la méthode de Monsieur Clérambault qu'il connaissait, et un finale pour le quinton, alternant avec la flûte.

Au bout de deux jours et trois nuits d'essais de chant et de musique, tous les domestiques de la maison avaient réclamé leurs gages, Madame Barbotin recevait un rebouteux qu'on lui avait assuré fort adroit à soigner les migraines opiniâtres, Monsieur Barbotin courait chez son notaire dans les fauteuils de qui il pouvait espérer pouvoir enfin goûter au sommeil, et le chef-d'œuvre était enfin achevé. L'auteur courut aussitôt chez l'Abbé Pépin, assuré qu'il était de pouvoir par son entremise trouver les meilleurs interprètes.

Le digne ecclésiastique, poussé par un sentiment de charité convenant à sa charge, cherchait les mots qui eussent pu lui permettre de renvoyer doucement notre auteur et sa malheureuse ariette, lorsqu'un des persifleurs de l'aventure précédente entra à peine annoncé, poussé par une nuit de débauche et une violente douleur dans les reins, due au manche à balai d'un mari jaloux, à recourir au saint ministère et à faire pénitence. La vue du pauvre Barbotin lui fit immédiatement oublier ses pieuses résolutions, et, avisant la partition que tenait encore l'abbé fort gêné, s'en saisit, l'examina, en fredonna l'air, et, la rendant à l'abbé, dit à l'auteur :

« Vous saviez ?

— Oui ... non ... quoi donc ? » Balbutia le petit homme, qui aurait bien voulu prendre un air entendu, et rosissait de plaisir devant la mine de conspirateur de son mystificateur.

— Un ambassadeur turc est à Paris ! Il loge Place Vendôme. Bien sûr, l'affaire est secrète, il ne doit faire son entrée officielle que dans quelques jours. »

Barbotin, ébloui par le secret d'état qu'on venait de lui confier, demanda quel rapport il y avait ... Comment ! Il ignorait que le café était la boisson nationale de ces peuples ? Mais oui, il venait de lire un ouvrage à ce sujet. Il avait donc composé une œuvre qui promettait de connaître une grande vogue. Le flatteur, sautant allègrement quelques frontières, du moment qu'il restait dans l'empire ottoman, raconta que le café était depuis quelques siècles le breuvage ordinaire des peuples du Levant, et que l'usage en était devenu si nécessaire qu'un homme, lorsqu'il se mariait, était obligé de donner des assurances à sa femme, qu'elle ne manquerait pas de café avec lui. L'on voit que la lecture du *Mercure de France* et de la *Gazette de Hollande* est une activité indispensable à toute personne de qualité qui désire se tenir au courant des potins du monde.

L'abbé fut sommé de dénicher quelques interprètes, afin que cette œuvre pût être jouée devant l'Excellence turque. La bonne fortune de Barbotin allait être assurée, il deviendrait le compositeur attitré de la Sublime Porte.

Notre si génial compositeur manqua étouffer d'orgueil, et l'abbé, soucieux de lui faire exécuter quelque exercice physique qui éloignerait de lui l'apoplexie dont il semblait menacé, fit mettre les deux hommes à genoux, leur fit une rapide confession, les somma de réciter en respirant bien fort quelques *Pater* et quelques *Ave,* et les renvoya, le cœur soulagé d'avoir fait pour le persifleur et sa victime tout ce qu'un homme de sa charge pouvait, avant de faire porter le chef-d'œuvre en vers et musique à un acteur de sa connaissance, qui se trouvait sans emploi, depuis qu'il avait osé improviser devant Mademoiselle Clairon une douteuse épigramme.

Le lendemain, un homme, déguisé en arménien, se présenta chez Barbotin comme l'interprète de l'Excellence turque, et lui assura que son maître éprouvait un vif désir d'entendre l'œuvre musicale qui faisait honneur à son pays, et d'en connaître l'auteur.

Rendez-vous fut fixé, et Barbotin se précipita chez l'abbé, qui l'assura que sa partition était entre les mains du meilleur interprète qu'il se trouvait, et que la pièce serait prête au jour dit. Afin de recevoir quelque aumône pour ses œuvres, l'abbé confessa de nouveau notre ami qui prit ainsi un peu d'avance dans la rémission de ses péchés. Le mystificateur, lui, n'avait point perdu de temps : toute la compagnie des farceurs fut avertie ;

même, des personnes de qualité se prêtèrent à cette farce, qui nécessitait un peu de mise en scène.

Le jour de la représentation arriva : on fit monter Barbotin, le soir, dans une voiture qui le conduisit, par des rues détournées, à la Place Vendôme. On le fit entrer dans un salon superbement illuminé. Au milieu de la pièce était assis, sur un coussin de velours, le prétendu ambassadeur ottoman, ayant à se pieds une énorme pipe orientale, dont il ne faisait pas grand usage. À ses côtés étaient des femmes charmantes que notre ami n'eut pas de peine à prendre pour les favorites de l'heureux musulman. Des valets, habillés en turcs, occupaient le fond du salon ; le soi-disant interprète se tenait debout près de l'ambassadeur ; enfin, près d'un clavecin sur le siège duquel était assis l'abbé, se tenaient l'interprète de la pièce, vêtu en Arlequin, ainsi qu'un violoniste habillé en mendiant. En réalité, c'en était un, mais l'on avait persuadé notre héros qu'il s'agissait d'un des membres les plus éminents de la Confrérie Saint-Julien des

Ménétriers : il crut voir Monsieur Guignon en personne.

On se divertit d'abord beaucoup du cérémonial asiatique qu'on fit observer au petit homme, et du grand nombre de révérences auxquelles il fut assujetti. L'ambassadeur parut charmé de le voir ; il lui fit dire, par son interprète, que sa réputation n'était pas ignorée à Constantinople.

L'excellence turque, pour lui marquer encore plus de considération, le fit revêtir, en cérémonie, d'un caftan un peu ridicule. Rien n'était plus divertissant que l'air de satisfaction répandu sur le visage de l'invité.

L'exécution de l'œuvre commença. L'abbé, qui était assez bon claveciniste, exécuta les accords d'introduction sans charmer personne d'autre que celui qui se croyait leur auteur ; le chanteur, lui, agrémenta la partition de toutes les vocalises à l'italienne qu'il pouvait placer, de telle sorte que l'abbé se foula la cheville à force de battre la mesure ; le violoniste, dont la dureté d'oreille apparut très vite aux auditeurs, aligna ses notes avec application, sans en oublier une seule. On avait pris soin de ne point accorder son instrument au ton du clavecin, car l'un de ses plus anciens persifleurs avait entendu dire à Barbotin qu'il fallait absolument accorder l'instrument plus haut que celui qui accompagnait, afin de rendre un son plus flatteur. Les coussins du salon s'avérèrent de la meilleure utilité pour étouffer les fou-rires d'une bonne partie de l'assistance.

La pièce finie, l'ambassadeur applaudit très fort, imité par toute l'assistance qui donna libre cours à son hilarité, que notre génial compositeur prit pour de l'admiration. L'Excellence se répandit en compliments volubiles et fleuris, que l'interprète feignit de ne pouvoir parvenir à traduire assez vite.

Le même interprète prit Barbotin à part et lui dit qu'il ne manquait plus aux honneurs qu'on venait de lui rendre, qu'une collation à la turque qui vraisemblablement lui serait servie ; que, pour la première fois, l'étiquette ne permettait point qu'il mangeât avec l'ambassadeur ; mais que, si la collation venait, c'était une invitation en règle pour le jour suivant ; que c'était aussi la faveur la plus distinguée que, dans les usages orientaux, il pût recevoir à la première entrevue. On ne lui cacha point qu'à la vérité, la cuisine turque avait, au premier abord, quelque chose de bizarre et peut-être d'insoutenable au goût délicat d'un français. Mais on ajouta qu'il fallait s'accommoder aux mœurs étrangères, et que ce serait manquer de respect au ministre du Grand Seigneur que de marquer de la répugnance pour des mets estimés délicats dans tout l'Orient.

On venait de lui donner ces utiles leçons, lorsqu'on servit devant lui, dans un beau vase de porcelaine, une espèce de marmelade de poivre d'Inde confit, avec de très forte moutarde, et du vinaigre encore plus violent. Le pauvre petit homme, docile aux leçons qu'il avait reçues, porta à sa bouche, d'un grand air de confiance, une pleine cuillerée de ce mets perfide ; mais, malgré toute sa bonne volonté, malgré les regards menaçants que lui lançait de temps en temps l'interprète, il ne put jamais se résoudre, ni à l'avaler, ni à le rejeter. De grosses larmes de cerf lui coulaient involontairement des yeux.

Enfin, à la faveur d'un éternuement occasionné par la violence réunie du poivre et de la moutarde, et qui eut plus de vingt reprises, la bouche du malheureux se trouva suffisamment évacuée pour lui rendre un peu de repos. Toute l'assistance cria « Dieu vous bénisse » ou « Allah vous comble de faveurs », selon la confession que chacun était censé représenter. Les laquais reprirent le souhait, et l'on en entendit des échos dans le couloir.

L'ambassadeur parut soudain outré ; et l'interprète, fronçant le sourcil de l'air le plus menaçant, expliqua à Barbotin qu'il avait, en éternuant, commis un crime de lèse-majesté. Devant l'air ahuri du petit homme, il expliqua que la coutume de prier Dieu pour ceux qui éternuent venait du temps de Saint Grégoire l'Illuminateur, évangélisateur de l'Arménie ; à l'époque beaucoup de gens mouraient en éternuant ou en bâillant. Cette pieuse habitude avait traversé les siècles, et était devenue chez les turcs un honneur réservé au Sultan ; lorsque Sa Seigneurie éternuait, tous ceux qui étaient auteur de lui faisaient le souhait à haute voix, en sorte que ceux qui étaient dans les pièces voisines l'entendent, et fassent le même salut, qui se communiquait à toute la ville qui en un instant priait pour son souverain qui avait éternué. Que l'éternuement qui l'avait saisi avait reçu le même accueil, habituée qu'était l'assistance à transmettre le souhait ; mais qu'en s'attirant un hommage réservé au plus éminent personnage de l'Empire, Barbotin avait, en quelque sorte, tenu le rôle d'usurpateur. Qu'il ne devait pas s'inquiéter : Son Excellence l'Ambassadeur avait fort goûté ses talents de compositeur, mais que cette manifestation lui fermait désormais les portes de la maison.

Barbotin prit congé, en protestant bien, tout bas, que jamais il ne ferait aucun usage de la cuisine orientale, et très fermement persuadé que les turcs avaient le Diable au corps pour pouvoir se familiariser avec de tels aliments.

On lui laissé, comme par honneur, le caftan dont il était revêtu ; et il ne manqua pas d'aller raconter à toute sa famille l'honorable accueil qu'il avait reçu d'un ambassadeur turc, dont personne, ni avant ni après, n'entendit parler. Tout au moins son père, à qui il offrit le caftan en lui décrivant les hommages dont il avait été l'objet, l'apprécia-t-il comme robe de chambre.

XIV.

Comment fut brisée une aventure galante de Barbotin.

Une jolie femme, qui occupait un appartement dans la maison où logeait un de ces plaisants impitoyables que Barbotin persistait à appeler ses amis, mourait d'envie d'être témoin de quelque mystification.

« Quoi ! » dit-elle un jour à son voisin, « Vous ne m'en ferez jamais voir aucune ?

— Madame, il ne tiendra qu'à vous. Vous êtes très aimable, et Barbotin très vain ; j'aurai l'honneur de vous le présenter. Vous lui ferez un bon accueil ; il croira dès l'instant vous avoir tourné la tête. Vous lui accorderez un rendez-vous. Votre mari, qu'on aura eu soin de lui représenter fort jaloux, arrivera pour troubler la fête. Laissez-moi conduire cela : vous verrez l'homme aussi plaisant qu'il peut l'être, et vous jugerez par vous-même si sa réputation est bien ou mal fondée ... »

La farce s'arrangea sur ce plan. Barbotin fut présenté à la dame, qui le trouva le plus aimable du monde, s'extasia sur ses talents de poète, et ne manqua pas de lui conter tout le bien qu'on lui avait rapporté de ses compositions musicales, dont la nouveauté ne le cédait qu'à l'agrément.

Le petit homme, épris de ses charmes et succombant à ses flatteries, lui fit assidûment la cour, parla ensuite tendresse, et fut écouté. Les progrès de son amour furent rapides ; bientôt on en vint au mystère, qui lui fut recommandé, surtout à l'égard de l'ami qui l'avait présenté. Il promit le secret le plus inviolable ; et, dès le soir même, il s'empressa de tout raconter à l'homme qu'on excluait de la confidence.

On prit jour pour le rendez-vous qui devait assurer son bonheur ; pendant ce temps, les amis établirent dans l'antichambre une grande baignoire, masquée d'un rideau. Barbotin fut invité à souper en tête à tête, le mari, qu'on lui avait présenté comme jaloux et brutal, étant absent.

Barbotin arriva, la dame le reçut avec force sourires, le souper fut servi assez rapidement, mais on prit soin de lui verser force verres de vin, afin de brouiller son entendement. Après le souper, la domestique s'éclipsa, et le petit homme devint entreprenant ; on lui promit tout, jusqu'à la faveur de l'hospitalité. On exigea seulement de lui de se coucher le premier. Le petit homme, transporté d'aise, fut déshabillé en un clin d'œil, et ne fit qu'un saut du fauteuil au lit. Mais, tout à coup, il partit de la cour, à plusieurs reprises, un certain coup de sifflet.

« Ah, Monsieur, je suis perdue, » s'écria la dame, du ton le plus naturel, « c'est mon mari, c'est lui ; je le croyais à Versailles jusqu'à demain. Ah ! Mon Dieu, disparaissez vite ... non, pas la porte, il n'y a que cette entrée ... je ne vois, pour vous cacher, qu'une espèce de baignoire, qui se trouve dans mon antichambre, parce que mon mari prend les bains. Venez vite, et ne faites aucun bruit ; je vais éteindre toutes les lumières. J'aurai soin de vous faire sortir à propos. »

Barbotin, tout tremblant, gagna la baignoire, et s'y tapit de son mieux, tel Géronte dans le sac que lui présentait Scapin, et tout autant ignorant que le personnage de Monsieur Molière des coups de bâton ou autres tortures qui allaient suivre. La dame éteignit toutes les lumières. Son prétendu mari frappa impétueusement à la porte, elle ouvrir avec un peu de façons :

« Eh ! Mon ami, je ne t'attendais pas ce soir, » lui dit-elle.

— Aussi s'en est-il fallu de peu que vous ne me revissiez jamais, » répondit-il d'un ton brusque, « J'ai été attaqué, dans le Bois de Boulogne, par trois coquins qui voulaient m'assassiner. J'en ai jeté deux sur le carreau, je ne sais ce qu'est devenu le troisième ... Mais, parbleu, donnez-moi donc de la lumière ; mon épée est encore sanglante, et je ne veux pas laisser rouiller ma lame.

— De la lumière ? Mon ami, ce qui m'en restait vient de finir, la domestique est couchée ; j'allais moi-même me mettre au lit. Tu dois être fatigué, fais-en de même, tu te passeras bien de lumière pour te déshabiller.

— Moi ? Non, par Dieu, je veux en avoir ; j'en ai aperçu chez notre voisin, qui n'est donc pas encore couché. Je vais le prier de bien vouloir m'en donner. Mais, auparavant, je meurs d'envie de faire de l'eau ... où est le pot de chambre ? »

Il feignit de le chercher à tâtons, de le trouver trop plein, et de vouloir le vider par la fenêtre.

— Ah ! Mon ami, ne jette pas ainsi de l'urine dans la cour. Tous les voisins se plaignent déjà assez de la mauvaise odeur qui s'en exhale.

— Tu as raison, je n'y pensais pas. Ma foi, je vais le vider dans la baignoire. On la nettoiera demain quand je m'en servirai.

— Fi donc ! Quelle idée ... », dit la femme.

Mais l'obstiné mari, sans l'écouter, alla vider le pot de chambre dans la baignoire, et l'infortuné Barbotin reçut sur son visage et sur son corps la plus ample potée d'urine.

— Tu n'es guère raisonnable, dit la femme, feignant la mauvaise humeur. Viens donc te coucher, maintenant, et n'incommode pas les voisins en leur demandant de la lumière à une heure indue.

— Je t'ai déjà dit que j'en voulais. »

Et l'opiniâtre époux, ouvrant aussitôt une fenêtre, cria de toute sa force à son bon voisin de bien vouloir lui envoyer une chandelle. Le voisin descendit lui-même avec une lumière, et traversa l'appartement, sans prêter la moindre attention à la baignoire où gisait le malheureux compissé. Il entra dans la chambre, et l'enragé de mari, à qui sa femme ne cessait de répéter qu'elle tombait de sommeil, raconta lui-même au voisin l'histoire de son combat au Bois de Boulogne, et d'une manière si prolixe qu'elle semblait ne devoir pas finir de la nuit.

« Vraiment, vous êtes bien heureux », lui dit le voisin, « Quoi ? Seul contre trois ?

— Ils auraient été dix, reprit le mari, je les défaisais de la même manière. Ventrebleu ! Vous ne me connaissez pas ! Tenez, je n'ai même pas voulu me servir de mes pistolets.

— Parbleu ! Voilà de belles armes, dit encore le voisin, en feignant de les examiner, je ne vous les avais pas encore vues.

— Ce sont des pistolets à deux coups que j'ai achetés ce matin à Versailles. Croiriez-vous qu'ils ne m'ont coûté que trois louis ?

— En vérité, c'est pour rien, votre affaire a été bonne. Mais, ils sont chargés, ce me semble. Vous aurez sans doute soin de les décharger avec un tire-bourre, car il y aurait de l'imprudence à les tirer ainsi : la charge peut être vieille, quelque peu humide, le pistolet peut faire long feu, ou crever entre vos mains.

— Bon ! » répliqua le mari, « vous êtes bien prudent ; je vais les tirer par la fenêtre, je ne crains pas la poudre, moi.

— Oh ! Vous ne ferez pas cette folie-là, s'écria la femme. Voulez-vous éveiller tout le monde, et faire croire qu'il se commet ici quelque meurtre ? Voulez-vous que l'on appelle la garde, qui a assez à faire avec des malandrins comme ceux qui vous ont assailli sans venir affoler la maison pour rien ?

— Eh bien ! dit le mari, Il y a de l'eau dans la baignoire, j'en veux avoir le cœur net, je vais les tirer là. J'ai toujours ouï dire qu'un coup de pistolet tiré dans l'eau ne faisait aucun bruit. Je veux en faire l'expérience. »

La porte de l'antichambre était ouverte, et le malheureux Barbotin ne perdait pas un seul mot de ces désagréables détails. Le mari semblait persister dans le dessein de faire son expérience ; mais enfin la femme et le voisin vinrent à bout de l'en détourner. Les pistolets, qui n'existaient pas, furent enfermés dans une armoire, le mari se promettant bien de tirer quelques rats dans la cour avec dès le lendemain. Le voisin souhaita le bonsoir aux époux, et le mari consentit enfin, non sans quelque peine, à se coucher, la femme prétextant une migraine due à cette arrivée tardive, n'ayant sans doute pas envie de le dissuader en plus de se livrer à ses devoirs conjugaux.

Dès qu'on put raisonnablement le supposer endormi, la femme courut à la baignoire annoncer à l'amoureux Barbotin, transi plus encore de peur que de froid, qu'il fallait se retirer au plus vite, et elle lui remit en même temps ses habits qu'elle avait adroitement, disait-elle, su cacher aux yeux du jaloux.

On imagine que notre héros ne se fit pas répéter deux fois son congé. Il ne se donna pas même la peine de s'habiller pour sortir, et gagna, en grelottant, l'escalier. Dans son déshabillé de bains, il monta chez l'officieux ami qui lui avait procuré cette bonne fortune. Il n'eut rien de plus pressé que de lui raconter sa triste aventure, que l'ami savait aussi bien que lui, puisqu'il n'était autre que le voisin venu apporter une chandelle. Le bon ami ne manqua pas de lui faire les remontrances les plus sensées sur les inconvénients de la convoitise, surtout en fait d'adultère ; il voulut pourtant bien lui accorder un asile pour la nuit, à condition qu'il soit et serait à l'avenir plus sage.

XV.

Où l'on est témoin d'une nouvelle aventure galante de Barbotin, et de ses conséquences fâcheuses.

Barbotin vivait encore à Paris chez son père et sa mère, qui ne devaient pas, on peut le concevoir, se louer beaucoup de sa bonne conduite. Cependant, ces bonnes gens étaient restées fort crédules, et, par exemple, l'histoire de la charge d'« écran » n'avait fait que renforcer l'admiration que portait Monsieur Barbotin père à l'égard des personnes qui étaient au service de Sa Majesté. Il souhaitait que son fils eût cette abnégation ; mais, quand il s'en ouvrait à sa crédule épouse, celle-ci ne savait que répéter la prédiction faite à la naissance de leur héritier : « Le bonheur dépend d'un bon choix ». Et, pour se rassurer, elle se persuadait que Barbotin le Jeune avait toujours montré assez de jugement pour suivre la bonne voie : n'avait-il pas délaissé l'étude du clavecin pour celle du violon, et n'avait-il pas ensuite remplacé ce dernier par la quinte, instrument grâce auquel il faisait carrière ? Et, avant de partir visiter son confesseur ou son astrologue, la brave femme signalait à son époux que tous les artistes connaissaient quelques difficultés dans leur jeunesse : le monde est si plein de jaloux ! Et l'on constatait que les déboires qu'avait rencontrés leur rejeton n'avaient pas entamé sa confiance en sa veine créatrice... Monsieur Barbotin, ne voulant pas peiner sa femme et encore moins se ronger lui-même, acquiesçait.

Cependant, le brave homme éprouvait quelque inquiétude à l'énoncé de certaines aventures galantes dans lesquelles son malheureux fils s'était imprudemment laissé entraîner : on pense bien que la société de persifleurs qui les avait élaborées ne les avait point tenues secrètes, et qu'amis ou voisins bien intentionnés s'étaient empressés de les répandre sur la place. Pour échapper aux remontrances paternelles, Barbotin s'éloignait le plus possible de la maison. Mais c'était passer de Charybde en Scylla, car il se livrait ainsi de plus en plus à une société qui n'avait, en l'accueillant, d'autre but que de se divertir de ses ridicules, et de lui en donner sans cesse de nouvelles occasions.

On lui proposa un jour un souper avec des filles, à la condition qu'il y serait sage. L'abbé Pépin, remplissant là les devoirs de sa charge, lui dit, avec une apparence d'intérêt et de bonté, que, vivant chez ses père et mère, il avait plus de ménagements à garder qu'un autre, et qu'il ne devait pas, surtout, exposer sa santé, si précieuse à ses amis ; et que certaines maladies seraient de nature à porter le discrédit sur ses bons parents.

Après avoir prononcé son acte de contrition, Barbotin promet de se tenir. Le souper s'arrangea, et l'on prit, en sa présence, avec les filles, toutes les petites libertés d'usage avec elles. Sa lubricité s'enflammait par la violence même qu'il était contraint de se faire ; et l'on n'avait ici d'autre but que de s'amuser de la continence forcée qu'on lui faisait observer dans le lieu même de l'incontinence.

Cependant, le petit libertin, trop chauffé par cette retenue, fut tenté par le Diable et trouva moyen d'avoir l'adresse d'une de ces nymphes. Le lendemain, sans en rien dire à personne, il ne manqua pas de se rendre chez elle. Le hasard y fit aller, peu après, un des convives de la veille, qui visitait régulièrement les lieux, et la nymphe n'eut rien de plus pressé que de lui faire part de la visite qu'elle avait reçue de Barbotin.

L'homme, enchanté de la découverte, fit d'abord son affaire avec la demoiselle, et lui raconta ce qu'il projetait, en lui faisant promettre de ne rien dire. La nymphe promit, c'est-à-dire qu'elle résolut de n'en parler qu'aux clients habitués de son commerce et à ses consœurs. Puis il se rendit chez notre ami, et, de l'air le plus consterné, lui confia qu'il était dans un état déplorable, ayant reçu de cette fille « les fruits cuisants de l'amoureux péché ».

« Quoi ? Sérieusement ? dit Barbotin, fort effrayé.

— Hélas, mon ami, cela n'est que trop vrai. Voilà où conduisent toutes ces parties de débauche ! Tu es bien heureux, toi, de n'avoir eu aucune part aux faveurs de cette misérable, et ce bon abbé Pépin t'a rendu un grand service en t'obligeant à être sage. Je n'ai jamais été si maltraité de ma vie. »

À chaque parole, le visage du petit homme s'allongeait et changeait de couleur. Pour l'inquiéter davantage, son ami, qui feignait de ne pas prendre garde à sa mine, paraissait étouffer avec peine de gros soupirs, qui s'échappaient parfois en cris de douleur. Barbotin, après cette confidence, ne pouvant plus dissimuler, avoua sa faute en pâlissant.

— Que le Diable t'emporte, s'écria en colère son charitable ami, comment cacher cet accident à ton père ? Nous autres, au moins, nous ne dépendons de personne, je n'ai ni épouse ni parents, et ma sœur est entrée en religion pour y travailler à mon salut ici-bas. Que dira surtout ta bonne mère ? Pour le coup, je ne serais pas surpris que l'on te fît mettre à Saint-Lazare. À qui confieras-tu ta guérison ? Connais-tu quelque chirurgien ? As-tu de l'argent ? »

Le malheureux, aussi contrit qu'humilié, priait son ami de ne pas l'abandonner dans son malheur. Il croyait déjà ressentir les aiguillons du mal dont il était menacé.

— Allons, lui dit son bon ami, il faut pourtant se consoler, et prendre courage. Heureusement pour toi, te voilà prévenu à temps ; tu peux, avec certaines précautions et un bon régime, éviter une partie des douleurs que j'éprouve par mon imprudente confiance. Ce qui doit te rassurer quelque peu, c'est que ceci n'est pas mon premier accident. Grâce à mon expérience, je suis en état de me traiter et de te traiter toi-même aussi bien que pourrait le faire le plus habile chirurgien. Viens, mon ami, viens te renfermer chez moi ; je suis prêt à te donner tous mes soins ».

Le petit homme obéit. On le prévint en chemin d'observer la plus rigoureuse diète, et de se noyer de tisane, sans oublier les lavements adoucissants et émollients. Tel fut le régime austère auquel Barbotin fut assujetti pendant deux fois vingt-quatre heures. De temps en temps, pour le fortifier dans l'habitude de ce régime, on ne manquait pas de redoubler ses inquiétudes. L'ami avait en effet à son service une vieille domestique, à qui il avait confié qu'il fallait que ce jeune homme prenne bien conscience des dangers des excès d'amour, et qui, habituée aux frasques de ses maîtres successifs, ne demandait pas mieux que de se prêter à cette tâche éducative. Aussi Barbotin prenait-il exactement, avec la plus grande docilité, les drogues amères et malodorantes que son ami faisait semblant de prendre. La domestique lui administra plusieurs lavements en jubilant sous cape, et en déclarant bien haut qu'il fallait par ce moyen faire sortir le Diable qui s'était fourvoyé dans ce jeune corps imprudent.

Enfin, le troisième jour, il fut question de visiter Barbotin pour juger des progrès du mal, ou de l'effet des remèdes. Notre ami, après s'être préparé à cette visite par une toilette convenable, se livra, en tremblant, à l'inspection de son compagnon d'infortune.

« Père Éternel ! S'écria aussitôt l'ami, en levant les bras, que vois-je ! Je ne suis pas assez instruit pour des cas de cette nature. Je ne me pardonnerai pas de t'exposer, faute d'expérience, au danger de quelque amputation. Il faut, de toute nécessité, recourir à un chirurgien ! Heureusement, j'en connais un des plus grandes compétences et discrétion. »

Le petit homme frémissait. L'ami courut aussitôt chez un chirurgien de sa connaissance, le prévint de ce qui s'était passé, et, moyennant une honnête rétribution, le convainquit d'entrer pour moitié dans la plaisanterie.

Le chirurgien arriva et trouva le pauvre martyr dans la plus grande consternation, quoiqu'il ne comprît rien du tout à ces redoutables symptômes qu'il cherchait inutilement à découvrir. Nouvelle visite, bien plus effrayante que la première. Le chirurgien émit une exclamation de surprise :

« Ah ! Monsieur, quelle est donc la malheureuse qui a pu vous accommoder de la sorte ? Il faut que vous ayez fait ensembles de terribles excès !

— Hélas ! Vous me croirez si vous voulez », répondit Barbotin d'une voix mourante, « mais je vous jure qu'à peine une fois ...

— À d'autres ! Cela n'est pas possible, ou vous avez eu affaire à la fille de France la plus maléficiée. Allons, il n'y a pas de moments à perdre : vite, de l'eau chaude. Un drap plié en quatre sous les fesses de Monsieur. Étendez-vous sur le lit. »

Tandis que le malheureux patient, tout étourdi de frayeur, s'étendait machinalement sur le lit, le chirurgien, les manches retroussées, déploya plusieurs instruments aigus et tranchants, dont l'ami eut soin de se faire expliquer l'usage. Les ciseaux, le bistouri, les aiguilles courbes, passaient en revue ; et Barbotin, épouvanté, croyait déjà ressentir toutes les angoisses des opérations que le chirurgien venait de décrire avec une complaisance affectée.

« Quoi ! Monsieur, vous croyez l'amputation nécessaire, disait le farceur au chirurgien, d'un air effrayé. De grâce, je vous en supplie, avant d'opérer, examinez bien l'état du malade. Que risquerait-on d'attendre un peu ? La frayeur seule, dont vous voyez l'impression sur son visage, pourrait avoir opéré quelque révolution salutaire : c'est du moins ce que l'on prétend être arrivé quelquefois.

— Eh, bien, voyons, reprit le chirurgien, Monsieur, en tous cas, me paraît actuellement beaucoup trop faible pour soutenir l'opération. »

L'Esculape renouvela en effet l'examen du corps du délit, et, après des observations très exactes, il parut étonné du changement favorable qu'il venait d'apercevoir tout à coup dans la situation du malade.

— En vérité, dit-il, voilà qui est merveilleux, et que j'aurais peine à croire, si l'expérience ne m'avait quelquefois rendu témoin de cas semblables. C'est apparemment l'heureux effet des tisanes, des lavements, et du bon régime, qui commence seulement à se manifester. Ma foi, Monsieur, vous avez été parfaitement bien conduit. Encore vingt-quatre heures du même régime, et je vous garantis exempt de tout danger. Ajoutez-y seulement quelques prises d'une poudre que je vais vous donner, et qui, dans la crise où vous êtes, est le plus souverain spécifique. » En même temps, le chirurgien lui présenta trois petits sachets d'une poudre laxative.

Le petit homme sembla tout-à-coup passer de la mort à la vie, et ne se possédait pas de joie d'en être quitte à si bon marché. Il ne savait quelle reconnaissance témoigner au généreux chirurgien. Celui-ci, pour lui donner encore une plus haute idée de son noble désintéressement, lui dit qu'il était trop flatté de l'avoir guéri, qu'il n'exigeait aucun salaire, car on ne trouvait pas tous les jours des malades de son mérite à traiter. Il l'adjura seulement de se tenir sage, averti qu'il était à présent des dangers auxquels exposait la débauche.

Barbotin se confondit en remerciements, et ne cessait de répéter :

« Ah ! L'honnête homme ! L'honnête homme ! Je n'aurai de ma vie d'autre chirurgien. »

XVI.

Comment, par un quiproquo perfide, Barbotin perdit une dent.

Un de ceux qui mettaient le plus d'acharnement à jouer sans cesse de nouveaux tours au malheureux Barbotin, et qui pensait toujours à mal comme la Rancune, même dans les moments où il avait l'air de ne penser à rien, vit un fameux dentiste sortir de chez lui pour aller en ville.

Saisi de l'idée d'une nouvelle farce, il monta à l'instant même à son appartement ; et, son mouchoir sur la bouche, demanda de l'air le plus empressé le même dentiste qu'il venait de voir dans la rue.

La femme du praticien se présenta, et lui dit qu'elle était bien fâchée, mais que son mari venait de sortir ; qu'il était même étonnant que le malade ne l'ait pas rencontré sur l'escalier. L'homme au mouchoir parut désespéré du contretemps, et prêt à se rouler par terre. Il demanda la permission de s'asseoir ; il souffrait, dit-il, des douleurs inouïes, et, pour le prouver, ne manqua pas de s'interrompre à chaque phrase par une exclamation plus ou moins violente.

« Mais, Monsieur », lui dit la femme, avec un grand sentiment de pitié, « comment avez-vous pu attendre ainsi au dernier moment, et pourquoi ne pas recourir plus tôt au remède ?

— Ah, Madame ! répondit la Rancune, vous voyez en moi le plus malheureux de tous les hommes. Il faut que la violence du mal soit extrême, pour avoir pu me résoudre à consulter. J'ai fait venir successivement vingt dentistes ; aussitôt que je les ai vus, la frayeur que j'ai d'eux me guérit pour un moment ; ma douleur se passe, et j'ai la faiblesse ensuite de ne plus pouvoir consentir à l'opération.

— En vérité, Monsieur, vous n'êtes pas raisonnable ; les femmes les plus délicates consentent bien à se faire arracher une dent qui les fait souffrir. Après tout, la douleur de l'opération ne dure qu'un moment ...

— Vous avez raison, Madame, je me suis dit cela cent fois ; mais j'ai eu le malheur de passer entre les mains d'un charlatan de province, qui, dans un pareil cas, me cassa une dent dans la bouche, et me fit souffrir des douleurs inexprimables. Depuis ce temps-là, je suis devenu d'une pusillanimité qui me fait honte. Ah ! Madame, que je souffre, et que je suis malheureux de n'avoir pas rencontré Monsieur votre mari dans l'instant où je me sentais un peu de courage.

— Il en sera bien fâché, Monsieur, ce n'est pas avec lui que vous aurez à risquer un accident pareil à celui de votre charlatan. Personne n'a la main plus légère ; aussi, peu de dentistes ont-ils plus de pratiques de distinction. »

Et, à ce sujet, la consolante épouse raconta à son hypocrite malade l'histoire de toutes les dents que son mari avait arrachées depuis qu'il exerçait sa profession. Elle ne manqua pas de lui citer en passant une foule de petites actrices qui paraissaient avoir de très belles dents, et qui ne devaient cet avantage qu'à l'habileté particulière avec laquelle son mari savait substituer un râtelier postiche aux véritables dents qui manquaient.

« Je suis donc bien heureux, Madame, que le hasard m'ait adressé à un habile homme. Voilà qui est fini ; je n'en chercherai plus d'autre. Je vais me résoudre à souffrir le reste de la soirée. Mais, je vous en prie, que très tôt demain matin, vers les quatre heures, s'il est possible, Monsieur votre mari vienne chez moi, et qu'il ait seulement un peu pitié de ma faiblesse ... Aïe ! La maudite dent ! Quelle nuit je vais passer, grand Dieu !... C'est la dernière dent de la mâchoire supérieure, à gauche. Mon Dieu, si l'on pouvait me l'ôter par surprise ! Je donnerais dix louis à quiconque me ferait cette opération, sans une trop grande douleur. Mais, je me connais : je ne verrai pas plutôt Monsieur votre mari, que je retomberai dans toutes mes enfances. Je suis même homme à lui soutenir que je n'ai aucun mal, parce qu'en effet la douleur actuelle cèdera pour quelques instants à l'idée d'une douleur plus grande. N'importe, qu'il vienne. Prévenez-le seulement de ma poltronnerie : vous m'avez inspiré la plus grande confiance. Le pis aller pour lui sera d'avoir un peu de patience ; mais je lui paierai bien son temps. »

Le faux malade, après plusieurs cris de douleur, laissa, non son adresse, mais celle de l'infortuné Barbotin.

Le lendemain, dès les quatre heures, le dentiste fut très exact à se rendre au logis du petit homme. Il éveilla toute la maison et demanda le prétendu malade qu'il trouva dormant de tout son cœur. Il se dit que le sommeil pouvait avoir apporté quelque soulagement à ses maux, mais qu'ils ne tarderaient pas à recommencer de plus belle.

Au bruit qu'il faisait dans la chambre, Barbotin s'éveilla, et lui demanda, en se frottant les yeux, ce qu'il y avait pour son service.

« Monsieur, je suis le dentiste.

— Eh, morbleu ! Je n'en ai que faire !

— Oui-da : vous vous repentirez bientôt de m'avoir laissé sortir. Le calme dont vous croyez jouir en ce moment ne peut être que très passager, après les vives douleurs dont vous souffriez hier.

— Que voulez-vous dire, « hier ? » Je n'ai pas plus souffert qu'aujourd'hui.

— Oh, que si, vous souffriez beaucoup. Heureusement, Monsieur, je suis prévenu ; mais, en vérité, votre faiblesse dépasse encore ce qu'on m'en a dit. Songez donc que ceci ne va durer qu'une seconde, tout au plus. Allons, un peu de courage. »

Et, tout en parlant, le dentiste déployait son funeste étui, et faisait briller aux yeux du petit homme le plus formidable davier dont jamais les dents les plus rebelles, les mieux retranchées dans une mâchoire tenace, eussent peut-être éprouvé l'effort. Cette vue seule faisait trembler de la tête aux pieds le malheureux Barbotin, à qui elle rappelait les instruments tranchants du chirurgien auxquels il avait tout récemment échappé.

« Mais, Monsieur, vous n'y pensez pas. Je vous dis, je vous répète, je vous certifie que vous vous méprenez, et que je n'ai pas le moindre mal aux dents.

— Vous me permettrez bien au moins d'y regarder ? Lui dit le rusé dentiste. Peut-être, au reste, n'est qu'une dent à plomber : il s'agit d'une opération de propreté qui ne cause aucune douleur, et qui suffit souvent pour calmer les maux qui paraissent les plus opiniâtres. Allons, Monsieur, ouvrez seulement la bouche. Encore une fois, que d'enfantillages !

— Mais je ne souffre point, vous dis-je, je n'ai pas besoin de votre secours ; je ne vous connais pas, en un mot.

— Je le sais bien, mais vous m'allez connaître. Vous verrez si je mérite ma réputation ... eh, que diable, Monsieur, je ne vous arracherais pas une dent malgré vous ; souffrez seulement que j'examine votre bouche. Que risquez-vous, si, comme vous le dites, vous avez toutes les dents en bon état ? »

Le petit homme, qui, encore mal réveillé, n'était pas certain que cette étrange visite ne fût point un rêve, pensa se délivrer d'un importun, et ouvrir enfin la bouche.

L'adroit dentiste, se souvenant à point nommé que la dent malade était la dernière de la mâchoire supérieure gauche, la saisit avec un instrument qu'il tenait caché dans sa poche, appuya fermement une main sur le front de son homme, enleva la dent, et lui dit :

« La voilà : vous ne vous plaindrez pas de ma maladresse. Rincez-vous seulement la bouche, et tâchez de vous rendormir. Je reviendrai tantôt vous voir. »

Aux cris effroyables du patient, son père et sa mère, croyant qu'on égorgeait le pauvre homme, accoururent en chemise, et rencontrèrent sur l'escalier le dentiste qui, tout fier encore du résultat de son opération, se mit à leur répéter, du ton le plus confiant : « *La voilà, enfin, la voilà ...* ».

XVII.

Où Barbotin fait la connaissance d'un magicien.

Il ne faudrait pas que l'on crût que Barbotin ne fût invité qu'afin de tenir le rôle du dindon de la farce. Il arrivait que des personnes le reçussent par simple bienséance, ou par amitié pour ses parents, ou même pour lui ... Mais l'esprit de notre héros était ainsi tourné, sa naïveté ne le cédant qu'à sa fatuité, que le moindre événement venait à le transformer en personnage ridicule. Et son attitude était telle, que la personne la plus charitable ne pouvait éviter de se gausser de lui, au moins pour ne pas se montrer désagréable et l'envoyer promener. On pourra en juger de l'aventure qui va suivre.

Barbotin venait d'être invité dans une maison où se trouvait par hasard un homme qui faisait assez habilement des tours de cartes.

Toujours aussi naïf qu'un enfant, toujours étonné de peu de choses, notre ami regardait ces tours avec une admiration presque respectueuse, qui parut comique aux assistants. Il pressa l'homme de questions, persuadé qu'il se trouvait en face d'un individu doué de pouvoirs surnaturels, et ne cessait de le prier de lui prédire l'avenir, ou de jeter sur lui quelque enchantement qui lui assurerait un charme irrésistible auprès des dames.

L'homme, qui s'était au début prêté de bonne grâce au jeu, et s'était amusé à prédire un avenir de fantaisie, commença à en être importuné, gêné qu'il était de voir que notre héros confondait tours de cartes et prédictions de voyante, et l'assistance, excédée de ses supplications, résolut de s'amuser quelque peu à ses dépens.

Le maitre de maison, ami de Monsieur Barbotin père, ne voulut pas ajouter à la liste des extravagances du personnage, adjura tout d'abord ses invités de n'en rien faire, et le prit à part, pour tenter de lui expliquer que les tours qui l'émerveillaient n'étaient que le fait d'une certaine habileté qui ne devait rien au surnaturel.

Barbotin, ne voulant en rien se désabuser, lui rétorqua :

« Monsieur, je comprends les scrupules qui vous poussent à protéger votre ami des risques qu'il encourt à faire preuve trop publiquement de dons qui risquent de lui valoir le bûcher. J'ai reconnu chez vous quelques dévotes qui ne manqueraient pas de faire part à l'Inquisition de soi-disant actes de sorcellerie. Mais je puis vous assurer de ma plus complète discrétion. »

Son interlocuteur, connaissant les fréquentations de Madame Barbotin mère en fait d'astrologues et autres diseuses de bonne aventure, société à laquelle son fils était depuis l'enfance accoutumé, comprit qu'il ne pourrait jamais lui dessiller les yeux, et laissa un des invités l'attirer à l'écart pour l'adjurer de se montrer plus discret avec l'illustre invité.

— Notre hôte vient de m'en faire la recommandation, répondit la future victime, mais quel est cet homme-là ?

— Je vous dirais là-dessus bien des choses », répondit d'un air de mystère l'ami interrogé, « Mais, encore une fois, il faudrait que vous fussiez plus discret que vous ne l'êtes. »

Barbotin jura qu'il ne dirait mot.

— Eh bien !, continua l'interlocuteur, en affectant de lui parler à l'oreille, vous entendrez appeler ici cet homme d'un nom qui n'est pas le sien. Il se nomme en réalité *Dacosta*. C'est un juif portugais fort initié dans les mystères de la Kabbale, et à qui la peur de l'Inquisition a fait fuir Lisbonne. Il se permet quelquefois de faire ici des choses surprenantes ; mais le maître de maison serait désespéré qu'on en parlât, dans la crainte de devenir suspect à la police, ou de voir persécuter ce pauvre juif, qu'il aime beaucoup.

— Quoi donc, Monsieur ? demanda Barbotin, est-ce qu'il y aurait quelque vérité dans tout ce qu'on raconte de la Kabbale ?

— Je ne sais qu'en penser moi-même. Mon usage est de ne rien nier que je n'aie constaté ou expérimenté en personne, et de même de ne rien certifier témérairement. Ce qu'il y a de sûr, c'est que j'ai vu ce même homme opérer des choses extraordinaires. »

Barbotin ainsi préparé, l'homme instruisit au plus vite la compagnie des opinions qu'il venait d'établir dans la tête de sa victime, et des moyens qu'il imaginait pour tirer parti de son imbécile crédulité. L'hôte, d'abord réticent, ne vit dans les plans du farceur rien de bien méchant, et consentit. Il prit cependant soin de placer de son côté de la table les personnes qui ne goûtaient pas ce genre de plaisanterie, afin qu'elles puissent causer avec lui sans être gênées.

On servit à souper, et notre oison fut placé entre le prétendu magicien et l'invité qui l'avait prévenu. On ne se permit aucune plaisanterie qui pût faire croire au petit homme que l'on avait le moindre dessein de s'amuser à ses dépens.

Mais, vers le milieu du repas, son ami, d'un air de surprise et de vérité du plus grand naturel, demanda tout à coup à l'assistance ce qu'était devenu Barbotin. Tout le monde, affectant la même surprise, répondit :

« Mais, en effet, on ne l'a pas vu sortir, cela est fort singulier. Est-ce qu'il se serait trouvé mal ? »

Les domestiques, mis au courant des intentions de leurs maîtres, entrèrent dans la plaisanterie, et firent semblant de chercher partout le petit homme. On les entendit monter et descendre ; tous paraissaient fort intrigués de cette disparition subite.

Le héros de l'aventure, lui-même, n'eût pas été sans effroi, si le magicien, en lui serrant le genou, n'avait vite glissé dans son oreille :

« Ne dites mot, laissez-moi faire. Vous en verrez bien d'autres. »

Enfin, l'on supposa que notre ami, homme d'ordre et fort rangé, disait-on, se sentant un peu las, avait choisi le moment où la conversation était la plus animée pour s'éclipser, sans que personne n'y prît garde, afin de rentrer chez lui de bonne heure. On ne parla plus de lui.

Il ne se tint d'abord que des propos très sensés et raisonnables, sur des sujets qui pouvaient être agréable à toute l'assistance, sur la Cour, sur l'Opéra, sur le temps qu'il faisait, les récoltes en Basse-Bretagne, ou le dressage des chiens de chasse …

Mais le maître de maison, qu'au demeurant les naïves insistances du petit homme avaient fort importuné, revint lui-même sur le sujet pour en dire beaucoup de mal, et pria très sérieusement celui qui l'avait introduit de le pas l'amener davantage. L'homme parut très piqué du commentaire ; il soutint que Barbotin était homme de bonne compagnie, rempli de mérites et de talents, en un mot, fait pour avoir ses entrées partout.

Notre ami, qui croyait tout de bon n'être vu de personne, fut enchanté d'avoir un tel défenseur. Il ne put même s'empêcher d'en marquer sa joie au magicien, et lui dit :

« Que ne vous dois-je pas, Monsieur ? Sans vous, je n'aurais jamais été à portée de connaître mes véritables amis. »

Le magicien lui promit de le prendre sous sa protection, et, pour lui donner une idée de son pouvoir, il le prévint qu'il allait jeter sur tous les convives un esprit de vertige qui l'amuserait.

Tout le monde entendait cette conversation, et faisait mine de n'en rien percevoir. Chacun, en conséquence, se livra au délire le plus complet. On parut étouffer de fumée dans une salle où il n'y avait pas de feu, et l'on fit ouvrir toutes les fenêtres. On se parlait, et on se répondait avec des propos incongrus. Si quelqu'un demandait à boire, on lui présentait une serviette, et l'on offrait du tabac à celui qui demandait de l'huile. La joie du petit homme était inconcevable ; il se persuadait qu'il était enfin vengé de tous les tours qu'on avait pu lui faire.

On feignit de trouver tout mauvais. L'ami de Barbotin, placé, comme on l'a dit, à côté de lui, fut le premier à se verser un grand verre d'eau, qu'il fit semblant de prendre pour un vin très fort en couleur. Il porta le verre à ses lèvres, lui trouva un goût détestable, et, comme s'il était empoisonné, le jeta au visage du petit homme, censé être invisible. Celui-ci n'en fut que mieux conforté dans l'idée qu'il n'était vu de personne, ce qui le divertissait beaucoup. Toute la compagnie voulut goûter de ce même vin qui avait paru détestable. Chacun le trouva également mauvais, et Barbotin fut inondé de verres d'eau que l'on jeta à sa place supposée vide.

Par surcroît de plaisanterie, il se trouva encore exposé à recevoir plusieurs soufflets de quelques-uns de ses voisins, qui, feignant de se chercher querelle, d'en venir même aux voies de fait, et, ne pouvant s'atteindre, firent leur champ de bataille de notre invisible ami, qui reçut ainsi tous les coups destinés aux combattants, et fut davantage flatté de l'invisibilité qui le rendait témoin d'une pareille scène, que touché de ces petits accidents, qui lui démontraient de plus en plus combien on était éloigné de soupçonner sa présence.

XVIII.

Comment Barbotin devint une célèbre actrice.

Le bruit de la précédente aventure s'étant répandu dans Paris, c'était dans toutes les sociétés qui aimaient à s'amuser à qui aurait une « Représentation de Barbotin invisible ». Le mot était donné dans toutes les maisons, jusqu'aux domestiques.

Barbotin arrivait toujours avec le supposé magicien, son protecteur, et personne ne paraissait l'apercevoir, ni lui ni son ombre. Souvent même l'on affectait d'être très longtemps sans parler de lui ; on tenait les conversations les plus sérieuses, et les plus faites pour éloigner toute idée de plaisanterie. Ensuite, on servait, et jamais il n'y avait de couvert pour Barbotin qu'on supposait invisible. Il s'asseyait donc sur une fesse à côté du magicien, et mangeait sur son assiette. Quelquefois on paraissait étonné du prodigieux appétit de Dacosta, dont l'assiette mangeait en effet pour deux.

Dans un de ces soupers, le magicien, à qui Barbotin était aveuglément soumis, prétendant exercer sa foi par un nouveau prodige, lui enjoignit de se mettre nu, en précisant qu'il ne devait pas en éprouver de la répugnance, puisqu'il était invisible. Notre ami revenu dans l'était où il se trouvait le jour de sa naissance, le magicien le revêtit d'un grand et fin voile qui le recouvrait entièrement, et c'est sous cet aspect fantomatique qu'il fait son entrée dans la salle où se trouvait l'assemblée.

Tout le monde se leva avec empressement ; on remercia le magicien de la bonne fortune qu'il procurait à la compagnie, en amenant Mademoiselle C***, la célèbre actrice.

Barbotin, persuadé que réellement il paraissait à tous les yeux sous les traits de cette charmante personne, se prêta, autant qu'il était en son pouvoir, à la représenter dignement. Il s'entendit débiter maintes galanteries, jusqu'à des déclarations même. Il en reçut quelques-unes avec dignité, les autres avec moins de rigueur, comme il croyait qu'il seyait à son personnage. On le pria de bien vouloir déclamer quelques scènes d'une tragédie nouvelle qui faisait alors l'entretien des cercles, et dans laquelle on lui assura « qu'elle était divine ». Il se prêta à tout ce qu'on désirait ; on ne se lassait pas de se récrier sur sa complaisance, on lui en fit mille excuses. La salle retentit d'applaudissements, et Barbotin eût peut-être alors renoncé bien volontiers à son sexe, pour jouir de toute la gloire de l'actrice dont il croyait porter le masque.

XIX.

Où la fureur amoureuse de Barbotin lui valut d'être soumis à la question.

La confiance de Barbotin dans le magicien était si grande que, sur sa seule parole, il n'eût pas délibéré un instant pour se jeter par la fenêtre, si son mentor l'avait assuré qu'il pouvait voler. Mais il fallait toujours entretenir sa crédulité par quelque merveille, et les idées ne manquaient jamais à la société.

À un souper donné chez Monsieur de V***, notre ami, qui était toujours censé être invisible, s'avisa tout à coup de concevoir la passion la plus brutale et la plus empressée pour une dame de la compagnie. Il communiqua ses désirs au magicien, qui lui promit que, s'il ne pouvait les surmonter, il le mettrait à portée de les satisfaire. Cependant, il lui conseilla d'essayer auparavant de les modérer par un philtre magique.

Le breuvage fut un ample gobelet de sang, fourni par une dame de la compagnie qui, plutôt que galamment faire jaune naturellement, faisait quelque peu rouge – effet que le Docteur Chirac attribuait au vin rosé des vignes de Provence. Barbotin, ne soupçonnant pas la nature de ce breuvage, le prit avec la plus grande confiance des mains du magicien qui le lui présentait en prononçant quelques paroles cabalistiques. Il sentit plusieurs fois son cœur se soulever à la seule odeur ; mais, n'osant désobéir au magicien, il surmonta toutes ses répugnances, et l'avala jusqu'à la dernière goutte. Ce breuvage amer, au lieu d'opérer l'effet qu'on s'en était promis, fut au contraire un stimulant qui ne fit qu'irriter davantage les désirs effrénés de notre Priape ; son cabaliste lui avait promis de les satisfaire, et rien ne lui paraissait difficile pour un homme qui le rendait à volonté invisible ou lui donnait les traits d'une célèbre actrice.

Le magicien, un peu déconcerté de l'incontinence du petit satyre, lui ordonna de passer dans la chambre voisine, et d'y attendre son retour. Il fit part à la compagnie de l'embarras où le mettait la fougue amoureuse de Barbotin. La dame qu'il convoitait, une personne vertueuse et qui ne tolérait les plaisanteries que l'on faisait que parce que la fatuité de notre héros l'avait toujours prodigieusement agacée, frémit de l'effet inattendu de ses charmes.

Un des convives s'offrit de la représenter, et d'éteindre bientôt tous ces feux. Il se hâta de s'habiller en femme, et n'eut pas de peine à passer pour l'objet de la belle passion si soudainement conçue. La chose allait être d'autant plus facile, qu'il y avait très peu de lumière dans la chambre où l'amoureux attendait sa bonne fortune. Le travestissement achevé, le magicien, suivi de la fausse femelle, passa dans la chambre obscure et ne dit à Barbotin que ces mots :

« Tenez, mon ami, je vous la livre ».

Barbotin s'élança aussitôt sur sa proie, en homme qui ne pouvait plus attendre. L'homme déguisé, las de se défendre, l'enleva, d'un bras vigoureux, de toute sa hauteur, et le jeta par la fenêtre sous laquelle il savait que se trouvait une fosse à purin. Par malheur pour lui, le petit homme s'était agrippé à son bras, et tous les deux tombèrent dans la cour. Les cris qu'ils poussèrent firent accourir toute l'assistance, dont l'hilarité provoquée par la vue de Barbotin dans la fosse à purin tomba en découvrant l'homme gisant inanimé sur le pavé. Des voisins, attirés aux fenêtres par le bruit, crièrent « À la garde ! », et le guet arriva.

Le pseudo-magicien n'eut pas le temps de tirer Barbotin à l'écart. Notre héros, persuadé qu'il était invincible, prit les gardes pour des génies ennemis, et tira l'épée en criant :

« Les sylphes me protègent, gnomes jaloux de ma fortune ! Je vous ferai payer ce lac d'amertume ! »

Après une brève escarmouche, les gardes parvinrent à maîtriser ce nouveau *Roland Furieux*, et le ligotèrent. Le maître de maison eut beau intervenir, et présenter la chose comme un regrettable incident que Barbotin n'avait aucunement prémédité, l'officier du guet fit savoir qu'il y avait mort d'homme, et que l'un de ses soldats avait été blessé par l'épée de parade de cet excité, qu'il importait de conduire en un lieu où il ne puisse nuire aux honnêtes gens. Barbotin fut derechef emmené à la Bastille.

Notre héros subit avec constance l'épreuve de la prison. En effet, il se trouvait toujours aussi abusé qu'auparavant, et attendait du magicien quelque tour qui le délivrerait de ce séjour inconfortable. Aux gardes qui l'emmenèrent après deux jours de réclusion, ainsi qu'au prévôt qui l'interrogea, il répétait sans cesse qu'un gnome jaloux de sa bonne fortune l'avait précipité dans l'abîme, et que les bonnes fées viendraient bientôt l'en délivrer. Le prévôt, vite lassé de ces propos, et soucieux de ne pas laisser courir sur la place de Paris un homme à ce points assuré d'être doté de pouvoirs surnaturels, décida de le soumettre à la question.

Le maître de la maison où s'était déroulé le drame, conscient de ce que la mort de son hôte n'avait été qu'un accident, et bien persuadé que l'accusé n'était qu'un sot et un fat, mais non un meurtrier, glissa – c'était l'usage – au bourreau une bourse afin que les épreuves soient quelque peu adoucies.

Le dit bourreau et ses aides, que les discours de leur client agacèrent quelque peu, le menèrent à la question. Ils attachèrent Barbotin, dont la superbe commençait à tomber à la vue de tous les instruments ingénieux avec lesquels la justice du Roi pouvait se permettre de délier les langues les plus rebelles, sur une table conçue pour le supplice de l'eau. Le bourreau, cherchant quelque manière d'adoucir le supplice, et n'en trouvant pas, s'avisa tout à coup de ce que lui et ses aides avaient reçu pour leur ration un tonneau d'un vin si mauvais qu'ils n'avaient fait que l'entamer. Il pensa qu'il serait plus agréable au supplicié d'être rempli de vin que d'eau, et que l'ivresse ressentie pourrait lui faire passer plus légèrement la suite de ses tourments. Le prévôt ne s'opposa pas à cet agrément, et l'on commença.

Le vin versé par le moyen d'un entonnoir dans la bouche de notre malheureux héros était en effet fort mauvais. À peine avait-on terminé que Barbotin commençait déjà à ressentir ses entrailles le tourmenter, et, au prévôt qui lui demanda ensuite de relater l'affaire qui l'avait conduit en ces lieux, il ne sut que répondre :

« Maudit gnome, qui me fait passer un philtre d'amour pour un lac d'amertume ! »

Le prévôt demanda alors au bourreau de continuer, et l'on transporta la victime au lieu où se trouvaient les brodequins. Quelques messieurs qui par privilège se trouvaient là admirèrent en connaisseurs la perfection de l'appareil, qui eût mérité de se trouver représenté dans *L'Encyclopédie*, n'était la sensiblerie de ses auteurs qui attachaient trop de respect à la personne humaine pour admettre l'efficacité de l'épreuve que pourtant ne subissaient que les criminels et personnes convaincues de haute trahison, et était soumise à des règles extrêmement codifiées afin que n'on ne vît y mourir personne : il ne fallait pas que la population soit privée d'une exécution publique, spectacle amusant et édifiant. D'ailleurs, ces messieurs, qui connaissaient le droit, savaient bien que l'on ne soumettait personne à la torture avant qu'un médecin n'ait examiné si le condamné ne présentait pas quelque affection propre à l'en faire dispenser, ou sans quelques précautions. Ainsi, les femmes grosses et les enfants de moins de douze ans s'en trouvaient-ils exemptés. Même le bandit Cartouche, pourtant condamné à être roué en Place de Grève, avait subi l'épreuve à l'aide de brodequins spéciaux, car le médecin avait décelé qu'il souffrait d'une descente. La justice royale prévoyait tous les cas.

Barbotin, entendant ces propos, eut bien désiré être affligé de tous les maux et difformités de la terre, mais le médecin ne s'en laissa pas compter et déclara le condamné apte à subir la question ordinaire et extraordinaire. La bourse fournie au bourreau permit qu'on ne lui brisât pas les jambes tout-à-fait, et les coins de bois qu'on lui enfonçait dans les os ne lui laissèrent que des contusions sérieuses, mais non fatales.

À la fin de l'épreuve, on permit au pseudo-magicien, assisté de l'Abbé Pépin, qui attendaient dehors, de visiter le supplicié. Entre ses cris de douleur, ils parvinrent à lui expliquer que tout ceci n'était qu'une farce qu'avait provoquée son excessive naïveté, et que ce défaut, joint à sa fatuité, avait été la cause de l'état où il se trouvait présentement.

Barbotin, pleurant et geignant, sentit la honte le gagner et battit sa coulpe en jurant qu'on ne l'y prendrait plus. Le prêtre présent le confessa et lui fit promettre de se consacrer désormais à des activités honnêtes, pour le salut de son âme et afin que ses parents cessent d'être la risée de la société. Barbotin jura que désormais ils n'auraient qu'à se louer de lui.

XX.

Comment la société des persiffleurs trouva un autre objet de risée, en la personne d'un banquier belge.

Un des liens qui avaient retenu le plus fortement Barbotin dans la société des moqueurs, dont il était le jouet perpétuel, était qu'il ne pouvait s'empêcher de trouver lui-même très plaisant la plupart des tours qu'on ne cessait de lui faire, du moins quand on parvenait à lui dessiller les yeux. Il en eût ri volontiers aux larmes, s'ils eussent été joués à d'autres. Car on remarquait bien qu'avec l'imbécillité d'un oison, il avait la malice d'un singe, et voilà ce qu'il avait de commun, outre sa petite taille et une bedaine naissante, avec Sancho Pança. Il agréait à cette façon de penser ; et l'espérance qu'après tant d'épreuves, il passerait enfin de l'état de victime à celui de mystificateur, était l'une des causes de son étonnante persévérance.

On lui laissait souvent entendre que son noviciat allait finir, et qu'ensuite on choisirait une autre victime, aux dépens de laquelle il pourrait s'égayer, comme on avait fait aux siens. Son amour-propre le persuadait aisément que tout autre que lui eût pu tomber dans des pièges aussi bien tendus, et que ses ridicules ne lui appartenaient pas exclusivement. Cette idée seule l'enchaînait à la société, au point que, le chef des mystificateurs lui ayant dit un jour qu'il était prêt à l'initier, et qu'enfin le temps de ses épreuves était fini, le petit homme se mit à genoux sur le Pont Neuf, reçut de lui l'imposition des mains, et se crut admis dans la classe de ces mêmes mystificateurs.

Peu de temps après, Barbotin eût été bien capable de se jeter tête la première dans une nouvelle aventure propre à divertir la société persifflante, lorsque son père vint à mourir. Sa mère le pria alors de demeurer quelque temps auprès d'elle, et l'adjura instamment de délaisser pour la circonstance la société de plaisirs qu'il fréquentait et de s'occuper à de pieuses besognes. L'Abbé Pépin, qui souhaitait vivement voir la société trouver quelque autre objet de risée que notre ami, se joignit aux avis de la brave femme, et notre Barbotin, saisi d'inspiration, se mit en devoir de se consacrer à la musique religieuse.

La bienséance ne permettant pas aux membres de la famille Barbotin de se montrer présentement au théâtre durant le deuil, l'abbé, qui, étant donné sa charge – on se souvient qu'il était le confesseur de ces demoiselles – fréquentait plus souvent ce lieu que sa paroisse, venait régulièrement les informer des dernières aventures qui s'y étaient déroulées. Celle qui va suivre persuada notre héros qu'effectivement son état de victime avait pris fin.

Un banquier bruxellois venait d'arriver à Paris en compagnie de son épouse, personne fort séduisante et dont il était extrêmement jaloux. La dame, qui entendait bien profiter des plaisirs de Paris, se trouvait fort incommodée des soupçons de son banquier de mari, au point qu'un jour, ayant rencontré un fameux oculiste qui, sachant l'homme doté d'une vue fort courte, vantait ses services dans le but d'obtenir sa pratique, elle lui répondit :

« Juste ciel ! Vos talents me coûteraient cher. Au moindre bruit, il me questionne et ce ne sont que querelles incessantes. Que serait-ce s'il voyait clair ! »

Le mari n'eut bientôt que ce qu'il méritait. La dame se laissa circonvenir par un officier des mousquetaires à la moustache conquérante, et quitta le domicile de son vieux jaloux. Celui-ci n'eut de cesse de venger son honneur, bien que tout le monde ne cessât de l'avertir que l'officier était une des plus fines lames qui se pouvaient trouver sur la place de Paris. Il se mit en devoir de chercher sa femme et son ravisseur dans tous les lieux de théâtre et de comédie, et, au lieu de questionner discrètement la société, clamait haut et fort l'objet de son infortune. Sa quête dura, car l'épouse et l'officier avaient soin de se renseigner sur les lieux où se rendait le mari, et de ne s'y point trouver.

Un jour, le Ménélas bruxellois, se trouvant devant l'Opéra-Comique, crut voir son épouse dans l'assistance qui sortait ; bientôt, on le vit se précipiter sur toutes les dames qui portaient un manteau bleu comme le sien, et l'histoire réjouit la société qui s'empressa de la répandre. L'abbé, derrière qui il se trouvait, s'étant enquis de l'aventure, et ayant demandé qui était ce pauvre cocu, s'entendit répondre :

« C'est moi, Monsieur. »

XXI.

Où Barbotin fit une incursion dans la musique religieuse.

Barbotin, persuadé qu'à présent nulle farce n'allait plus perturber son activité créatrice, se mit en devoir de composer un *credo*. L'abbé, n'ayant nulle envie d'infliger le supplice d'entendre cette pièce à la société, ni de raviver la veine persifflante des rieurs, l'adressa au curé d'une paroisse des faubourgs, qui n'avait jamais entendu parler de lui, et à qui sa dureté d'oreille pourrait faire supporter cette pièce « d'un jeune musicien désireux de s'essayer au noble genre de la musique religieuse « , ainsi le présenta-t-il.

Barbotin suait beaucoup pour parvenir à caler ensembles paroles et musique. Le *credo* lui paraissait terminé, lorsqu'il s'avisa qu'il comportait une note de trop. Ne voulant pas reprendre toute la pièce, il ajouta sous la fâcheuse note un « *non* » qui ne lui sembla pas tirer à conséquences.

Vint le jour de l'office durant lequel le chef-d'œuvre serait exécuté. Les chanteurs, peu soucieux du génie de l'auteur de la pièce, la déchiffrèrent la veille. Bien que notre compositeur fût désireux d'en reprendre quelques passages, certains des membres du chœur lui rétorquèrent qu'on ne faisait pas reprendre des gens qui avaient coutume d'exercer aussi leurs talents à Saint Roch ou à Saint Eustache, le persuadant ainsi qu'il avait affaire aux plus grands interprètes et que la gloire lui tendait enfin la main.

L'office commença. Barbotin n'y fut guère attentif, uniquement préoccupé qu'il était par son *Credo* ... Vint le moment de celui-ci, les chanteurs se levèrent et entonnèrent tous en chœur cette variante inattendue : « *Credo, credo, non credo in Deum* ».

Il y eut dans l'assistance un mouvement de surprise, tous les fidèles n'ayant quand même pas pour habitude de somnoler en pensant à leur repas dominical. Pour comble de malchance, il se trouvait dans cette même assistance un digne ecclésiastique membre de l'Inquisition, qui fit un scandale à la sortie de la messe, promettant au curé de la paroisse qui ne s'était rendu compte de rien un blâme sérieux, et avertit notre ami que ce blasphème aurait des suites.

Barbotin fut déféré à l'Inquisition. Que l'on se rassure, celle-ci n'était plus bien sévère à cette époque, ayant pour principale tâche de faire faire pénitence à de curés de paroisses villageoises dotées d'une trop nombreuse progéniture, ce qui semblait incompatible avec les devoirs de leur charge. Notre ami, à l'énoncé de son acte d'accusation, fut affolé, ayant encore en mémoire et dans ses jambes les souffrances de la question, et expliqua en bafouillant qu'il ne savait pas un mot de latin, ou que du moins le peu qu'on lui en avait inculqué au collège ne lui était pas resté, et qu'il n'avait ajouté ce « *non* » que parce qu'il fallait « meubler la note en trop », et parce que, dans les ariettes et autres airs d'opéra-comique, ce vocable revenait sans cesse sans que personne ne semblât s'en étonner.

Devant ses explications, entrecoupées de véhéments *mea culpa,* le tribunal commença à ressentir une forte envie de rire.

Pour éviter des manifestations qui auraient jeté le discrédit sur cette digne institution, le président décida de condamner Barbotin à quelques jours de pénitence au couvent de N***, et lui enjoignit de ne plus désormais se risquer à blasphémer en musique. Et c'est ainsi que fut brisée la carrière de celui qui aspirait à faire oublier le génie de Monsieur Charpentier, compositeur versaillais.

XXII.

Comment se révélèrent les talents de professeur de Barbotin.

Barbotin, soucieux à présent de se trouver quelque travail afin d'aider sa pauvre mère à qui son défunt mari ne laissait qu'une petite rente, les frasques de leur héritier jointes à la clientèle de nécromants de Madame ayant fait fondre l'essentiel de sa fortune, pria l'abbé qui trouvait de plus en plus de prétextes pour s'éloigner de cette maison de lui trouver des élèves.

Fort heureusement, l'ecclésiastique avait parmi ses pénitentes une femme dont les enfants, opiniâtres à devenir des virtuoses, malgré leur peu d'oreille et d'habileté, avaient lassé plusieurs maîtres compétents. Barbotin, qui arrivait, saluait avec ostentation, et régalait cette personne d'anecdotes sur la vie de l'Opéra, fut fort apprécié dans cette maison, car ses discours réduisaient le temps des leçons. Qui plus est, les enfants ne recevaient que des compliments de ce maître dont le peu de connaissances ne pouvait apparaître à des gens qui n'y connaissaient rien. Les choses auraient pu continuer fort agréablement pour tout le monde, lorsque la dame, soucieuse de tenir son rang dans la bonne société, s'avisa de faire donner une soirée musicale au cours de laquelle se produirait sa géniale progéniture.

Fort heureusement, l'arrivée du bruxellois et l'éloignement dans lequel Barbotin, par son séjour au couvent, avait été tenu de la société des persifleurs, fit qu'on ne songea pas à préparer quelque aventure dans laquelle notre héros n'aurait pu que mieux tomber, persuadé qu'il était que ses apprentissages avaient pris fin.

La soirée musicale se déroula sans encombre, les salons de la maîtresse de maison étant par bonheur pourvus d'excellents fauteuils dans lesquels l'assistance put somnoler agréablement pendant tout le concert au cours duquel aucun exécutant n'osa se montrer plus brillant que les écoliers de notre héros.

Lorsqu'apparurent café, chocolats et liqueurs, un des anciens tourmenteurs de Barbotin, qui se trouvait là par pur hasard, s'avisa de lui faire de grands compliments de son enseignement, et, avec la complicité de quelques invités, se prétendit être devenu le précepteur des enfants du Tsar de toutes les Russies, et lui fit remettre solennellement un brevet d'académicien de Saint-Pétersbourg, que notre grand maître crut de bonne foi mériter. On le persuada alors qu'il ne pouvait se dispenser d'adresser à cette Académie un remerciement en langue russe. Il donna si bien dans le panneau, qu'il prit pendant quelques temps des leçons de cette langue ; et le maître chargé de l'instruire fut au moins exact à lui donner des principes de bas-normand.

XXIII.

Où l'on voit que la vocation enseignante de Barbotin ne peut gêner personne.

L'on dit qu'au royaume des aveugles, les borgnes sont rois. La carrière enseignante de Barbotin, ainsi commencée, ne pouvait que continuer tranquillement. Certes, si à des gens qui montrent quelques facilités à apprendre, il faut de bons maîtres, ceux-ci n'ont pas à se commettre à user de leurs forces en enseignant à des gens qui s'obstinent dans une activité pour laquelle ils n'ont aucune capacité.

Cependant, il se trouvait toujours quelque rieur pour lui adresser, après une soirée comme celles que l'on vient de conter, un compliment dithyrambique que notre héros acceptait toujours avec dignité. Si l'amour est aveugle, la fatuité rend sourd, et l'oreille musicale de notre héros ne pouvait espérer subir aucune amélioration. En plus de remplir les maisons de ses élèves d'ariettes et cantatilles de son cru, Barbotin, s'étant mis en tête de théoriser, inondait le marché de publications sur les capacités curatives de la musique ou la dégénérescence du chant des cygnes depuis les temps où ils étaient consacrés à Apollon, qui subissaient le sort de tous les malheureux livres invendus, à savoir de servir d'emballage aux denrées des droguistes et autres fruitiers.

C'était du moins ainsi qu'étaient traités ceux que Madame Barbotin offrait à l'abbé Pépin, qui avait conservé sa pratique, car la mère de notre héros, que ses problèmes financiers avaient obligée à abandonner ses voyantes et autres guérisseurs, se consacrait pour lors à d'assidues pratiques de dévotion.

L'abbé s'arrangeait toujours pour arriver quand sa pénitente se trouvait seule, mais ne pouvait éviter d'être par ses soins tenu au courant des résultats de la graphomanie de son fils, ouvrages qui, elle en était sûre, lui vaudraient un jour d'être reçu à l'Académie. Cet espoir permit à la bonne dame de finir ses jours dans la sérénité, et elle se retira au couvent des Clarisses de L***.

XXIV.

Comment Barbotin crut devenir le maître de musique des héritiers du trône de Prusse dans la maison d'un belge.

Cependant, si les ignorants, les flatteurs et les rieurs ne tarissaient pas d'éloges sur les talents pédagogiques du maître Barbotin, ceux dont le jugement pouvait présenter quelque authenticité souhaitaient vivement ne plus rencontrer ce Matamore dont la fatuité n'avait d'égale que l'ignorance.

À une soirée où se produisaient quelques-uns des jeunes virtuoses qu'avait formés notre ami, un invité, las de la cacophonie par laquelle ses oreilles étaient offensées, résolut de l'éloigner de Paris. Il trouva un allié en la personne de l'Abbé Pépin, qui, s'il continuait à visiter Madame Barbotin à son couvent, par reconnaissance pour les largesses dont la dame avait honoré ses bonnes œuvres – et les autres – enrageait de toujours trouver sur son chemin son prétendu compositeur de fils, qui n'avait pas renoncé à la composition théâtrale et ne cessait de l'importuner en lui mendiant quelque nouvelle recommandation.

Tous deux s'attirèrent la complicité d'un Suisse, doté d'un fort accent tudesque, qu'ils amenèrent à l'une des soirées musicales de la mère des jeunes prodiges, lui ayant fait attacher à sa poche une clef entourée d'une ganse d'or. Barbotin remarqua cet ornement, qu'il prit comme un l'avait prévu pour quelque distinction, et dès le moment se fit l'idée la plus haute du personnage, qu'on lui dit être le Comte de La Truche, premier chambellan du Roi de Prusse.

Pendant le dîner, on pria Monsieur le Comte, en supposant qu'il n'y ait pas d'indiscrétion, à faire part à la compagnie des raisons qui pouvaient l'amener à Paris. Le Comte, avec un air de mystère, répondit qu'il n'avait d'autre objet que de voyager. Un des convives, en s'excusant de lui avoir posé une question à l'évidence indiscrète, fit entendre à la compagnie qu'un homme aussi important que le Comte de La Truche ne se déplaçait pas sans motif sérieux.

Le chambellan eut alors l'air de se déboutonner un peu ; il convint qu'en effet il s'était chargé à regret d'une commission assez délicate. Elle consistait à trouver pour les enfants du Roi de Prusse un maître de musique français, en état de cultiver les belles espérances que donnaient les jeunes princes, et digne d'occuper une place qui lui assurerait les plus grands honneurs ainsi que la plus brillante fortune.

La compagnie parut étonnée de ce que le Roi de Prusse ne se fût pas déterminé de lui-même soit pour Monsieur Campra, soit pour Monsieur Corrette. Le Comte de La Truche allégua diverses raisons qui s'opposaient à ce choix, la principale étant de ne point priver à l'avenir le public parisien de l'un de ces grands hommes, dont il loua tout le mérite.

On avança le nom du neveu de Monsieur Rameau, mais plusieurs personnes se récrièrent sur la conduite excentrique du personnage, et sur les sarcasmes dont il inondait ceux qui avaient l'outrecuidance d'enseigner, et que venaient de consigner Monsieur Diderot dans un ouvrage qui dépeignait le personnage. Chaque convive proposa quelque sujet, et sur chacun on trouvait toujours des difficultés plus ou moins grandes.

Enfin, quelqu'un dit que, si Sa Majesté le Roi de Prusse pouvait n'être point arrêtée par la trop grande jeunesse, il connaissait un sujet à qui cette place conviendrait mieux qu'à personne. Le Comte de La Truche ayant répondu que son maître n'était point retenu par ce genre de préjugé, on lui nomma Barbotin comme un homme de génie, qu'il devait sûrement connaître, tout au moins de réputation. Le Comte protesta que ce nom ne lui était aucunement inconnu, qu'on parlait en effet beaucoup à Berlin de Monsieur Barbotin, et qu'il serait enchanté de le rencontrer. Il ajouta qu'on avait joué vingt-deux fois de suite, à Potsdam, un opéra-comique charmant dont il était l'auteur ; que le Roi de Prusse lui-même n'avait cessé d'y applaudir, et que lui, Comte de La Truche, serait très flatté d'être présenté à un musicien de cette classe, que ce lui serait un grand honneur, une chance à laquelle il ne s'attendait pas ... Il ne tarissait pas d'éloge, en un français mêlé d'expressions en langue alémanique, que personne ne fut en mesure de comprendre et encore moins d'identifier comme des vocables tirés du dialecte valaisan, employé bien loin de la Prusse.

On se représente la joie du petit homme, ainsi flatté par l'éloge le plus conforme à l'opinion qu'il avait de lui-même. On le fit connaître au prétendu Comte ; celui-ci se leva de table pour l'embrasser, et se félicita de ce que le hasard l'ait si bien servi, pour procurer aux enfants de son maître un directeur de ce mérite. Il fit l'énumération des dignités, des honneurs, dont le professeur de musique des enfants royaux ne peut manquer d'être comblé. À chaque détail, le petit homme commença à prendre de plus en plus d'importance, et chaque convive encourageait encore la vanité du personnage, en lui demandant d'avance sa protection. Peu s'en fallut que Barbotin ne protégeât déjà le Comte de La Truche lui-même.

On demanda au Comte s'il avait les pleins pouvoirs, et s'il était sûr de l'agrément du roi pour la personne qu'il aurait choisie. Il dit que non seulement il avait tous les pouvoirs nécessaires, mais, qu'à l'instant même, selon les ordres qu'il avait reçus, il allait conférer au futur professeur l'Ordre du Mérite. On fit apporter un large ruban jaune qu'on lui attacha en effet d'une épaule à l'autre, et qu'on lui dit être le Cordon de l'Ordre. L'ivresse du nouveau Chevalier, à qui toute la compagnie s'empressa de témoigner du plus profond respect, ne fut pas concevable, et ne saurait se décrire.

Malheureusement, un des convives, qui n'était pas au courant du but de la supercherie, et n'y voyait qu'une nouvelle farce à commettre au préjudice de notre héros, crut relancer la plaisanterie en proposant une objection qu'on n'attendait point. Il parut craindre que la religion romaine, dont le nouveau Chevalier faisait profession, ne fût un obstacle à sa dignité. Le Roi de Prusse, qui était de la Religion Réformée, voudrait-il que l'héritier présomptif de la couronne fût instruit dans la science musicale par un homme d'une religion qui n'était pas la sienne ?

Le pseudo-Comte de La Truche, qui ne s'était pas attendu à cette objection, voua intérieurement aux gémonies ce fâcheux qui signalait un problème auquel il ne s'était pas préparé à répondre, et que déjà plusieurs convives, tout aussi peu au courant de l'affaire, reprenaient en la développant. Il parvint à répondre que, dans les premiers mouvements de son zèle, il n'avait pas fait cette réflexion, que véritablement cette différence de religion aurait pu causer quelque difficulté, s'il s'était agi d'un sujet ordinaire. Mais que, vu le rare mérite et la grande célébrité de celui qu'il avait le bonheur d'avoir rencontré dans la compagnie, il croyait pouvoir répondre que cet obstacle, tout grand qu'il était, devait pouvoir être surmonté, et qu'il allait séance tenante en aviser son maître.

Barbotin se fit voir les jours qui suivirent à la promenade de Paris, décoré de son cordon jaune. Il allait promettant sa protection à toutes les personnes de sa connaissance qu'il pouvait rencontrer, et l'on ne pouvait être plus persuadé qu'il ne l'était d'être promu maître de musique de jeunes princes qui n'existaient pas. Cependant, soucieux d'ajouter aux honneurs qu'il avait reçus quelques bénéfices plus substantiels, il rendit visite à sa mère au couvent de L***, pour la prier d'offrir quelques cierges à tous les saints qu'elle jugerait les plus aptes à surmonter l'obstacle religieux qu'il rencontrait. La dévote Madame Barbotin se mit avec zèle à l'ouvrage, et tout le couvent se mit à prier pour que Monsieur Barbotin fût admis à sa nouvelle charge.

Quelques jours se passèrent avant que ceux qui persistaient dans leur dessein d'éloigner Barbotin de Paris ne découvrent un stratagème qui leur permettait de réaliser effectivement leur projet. L'abbé, en feuilletant la Gazette de Hollande, y lut qu'en un quelconque pays éloigné s'était déclarée une révolte qui en menaçait le pouvoir. Sûr qu'il était du peu de connaissances géographiques du sujet, il alla trouver son complice, et tous deux mirent le Suisse au courant de leur nouvelle mise en scène.

Après avoir laissé passer un temps vraisemblable pour qu'un courrier puisse aller et revenir de Berlin, le pseudo-Comte de La Truche vint trouver notre ami et lui expliqua qu'une guerre menaçait les frontières de la Prusse. Devant la déception qui commençait à se peindre sur le visage du petit homme, il lui expliqua que le roi, en génial stratège qu'il était, soucieux de soustraire ses héritiers aux dangers d'un siège qui promettait d'être long et pénible, avait décidé de les envoyer à l'abri chez un homme sûr qui habitait Bruxelles. Le Comte ajouta que, devant de telles circonstances, une différence de religion ne pesait aucun poids, mais que notre ami devait faire preuve de discrétion. En effet, il pouvait se trouver quelque espion de l'ennemi pour chercher à supprimer les enfants du roi, et que l'homme chez qui ils avaient été envoyés les avait fait passer pour les siens propres, qui avaient jusqu'alors été élevés à la campagne à cause de leur fragilité de constitution. Que, dans ces conditions, il ne restait plus à Barbotin qu'à préparer ses bagages afin de se rendre auprès de ses élèves. Mais, encore une fois, on lui demandait d'entrer dans le jeu, de faire comme si ses disciples étaient les enfants du Belge, même quand il serait seul avec eux, les murs ayant des oreilles. La crédulité de notre héros, jointe à la fierté qu'il éprouvait à pénétrer dans les secrets de l'état, fit qu'il ne douta pas un instant de la véracité du conte que lui faisait son interlocuteur.

Et c'est ainsi que Barbotin devint le maître de musique des enfants du banquier belge qui, après son aventure parisienne et ayant fini par se résigner aux cornes qui lui étaient poussées à cause de son incessante jalousie, avait regagné Bruxelles sans sa femme. Celle-ci avait préféré la compagnie plus empressée de l'officier des mousquetaires, lequel, provoqué finalement en duel par le cocu, et ne voulant pas se soucier de risquer de tuer un homme qui n'avait jamais tenu l'épée, s'était contenté de le désarmer au premier croisement de fers, et l'avait acculé à une mare de boue dans laquelle il avait fini par tomber.

L'homme était peu connaisseur en l'art de la musique, qu'il considérait, qu'elle fût bonne ou mauvaise, comme le meilleur des somnifères, et ne pouvait donc juger des talents de notre ami. Qui plus est, aigri qu'il était par son infortune, il apprécia fort l'empressement que lui prodiguait le nouveau professeur, ainsi que la déférence qu'il témoignait à ses enfants, que notre nouveau Monsieur Jourdain persista durant tout le temps que dura son enseignement à croire les héritiers du trône de Prusse.

Epilogue

Vint le jour où, les enfants du belge ayant grandi, Barbotin dut quitter sa charge. Paris l'ayant heureusement oublié, ce qu'il considérait comme un scandale et la preuve du peu de jugement du public français en matière de musique, il partit pour l'Espagne, afin d'y travailler à la propagation de la musique italienne et des ariettes françaises.

Ses persifleurs, qui, eux, ne l'avaient pas oublié, tombèrent sur un de ses libelles, et considérèrent que sa présence allait nuire à la réputation de la musique de leur pays. L'un d'entre eux, qui avait un temps vécu à Madrid, fit savoir à des relations qu'il y avait conservé que ce personnage pouvait faire grand tort à l'amitié entre les deux pays.

Ne trouvant pas à ce moment de nouvelle victime auprès de qui le recommander afin de l'éloigner, on engagea quelques malandrins, qui l'assommèrent et l'enfermèrent dans un étui de contrebasse qu'ils jetèrent dans le Guadalquivir. Sa mort le surprit au milieu d'une foule d'ouvrages qu'il avait commencés, dont il menaçait depuis longtemps le public. L'on eut également la délicatesse d'écrire son éloge funèbre, et l'annonce de son décès fut consignée dans presque tous les papiers publiés.

L'un de ses "amis", par une attention distinguée, n'avait pu s'empêcher de placer un diapason à l'endroit du cœur, signe de gratitude envers le grand maître qu'il avait cru être.

Table des Matières

INTRODUCTION.................... 7
Comment la campagne d'Espagne de Joseph Bonaparte nous rapporta l'histoire de Barbotin.

I..................... 9
Où l'on assiste à la naissance miraculeuse de Barbotin, et aux merveilles qui l'entourèrent.

II. 18
Comment la vocation artistique de Barbotin se manifesta de bonne heure, ainsi que ses inclinations pour les sifflets.

III. 27
Comment le jeune Barbotin fut accueilli par les Comédiens Français.

IV................ 31
Où Barbotin fit son entrée dans la bonne société.

V. 36
Comment la pièce ne fut pas aussi bien accueillie du public que des comédiens.

VI................ 38
Où Barbotin choisit de tourner ses talents vers l'Opéra-comique.

VII.............. 41
Comment Barbotin voulut créer un personnage.

VIII. 44
De l'expédition provinciale de Barbotin, et des suites fâcheuses qui la terminèrent.

IX................ 49
Où les espérances de Barbotin furent brisées par la faute d'une culotte.

X. 57
Comment on imagina d'introduire Barbotin à la cour.

XI. 60
Comment Barbotin fit un souper fort agréable, dont la digestion fut étrangement troublée.

XII. 75
Où Barbotin trouva moyen d'éluder son signalement.

XIII. 81
Comment Barbotin faillit devenir le compositeur officiel de la Sublime Porte.

XIV. 94
Comment fut brisée une aventure galante de Barbotin.

XV. 104
Où l'on est témoin d'une nouvelle aventure galante de Barbotin, et de ses conséquences fâcheuses.

XVI. 116
Comment, par un quiproquo perfide, Barbotin perdit une dent.

XVII. 125
Où Barbotin fait la connaissance d'un magicien........

XVIII. 135
Comment Barbotin devint une célèbre actrice.

XIX. 138
Où la fureur amoureuse de Barbotin lui valut d'être soumis à la question.

XX. 148
Comment la société des persiffleurs trouva un autre objet de risée, en la personne d'un banquier belge.

XXI. 153
Où Barbotin fit une incursion dans la musique religieuse.

XXII. 157
Comment se révélèrent les talents de professeur de Barbotin.

XXIII. 160
Où l'on voit que la vocation enseignante de Barbotin ne peut gêner personne.

XXIV. 163
Comment Barbotin crut devenir le maître de musique des héritiers du trône de Prusse dans la maison d'un belge.

EPILOGUE 174

Autres ouvrages de Micheline Cumant

- Le Réveillon de Socrate.
Dans un petit immeuble parisien vivent des professeurs, un écrivain, un homme d'affaires, un étudiant, une retraitée, un officier de police, des commerçants et la gardienne qui connait tout le monde et voit tout. Mais, un beau jour, un crime est commis dans la maison. Et il y a Socrate, le chat de la narratrice, qui a tout entendu ... C'est évident, les chats savent toujours tout !
148 pages, BoD, avril 2013.

- Le Prince et ses Bouffons.
David est professeur de piano. Il a la vie de tout le monde, les soucis de tout un chacun, avec un petit plus : la musique. Un jour, il rencontre un Prince qui lui fait entrevoir une autre dimension de son art, il fait connaissance de toute une galerie de personnages qui vivent et pensent autrement, gardant soigneusement au-dehors les contingences sociales et les bouleversements politiques, ou alors les traitant avec humour. Au centre de ce cénacle, il y a le Prince russe, étalant sa foi, sa richesse, son amour pour l'art et distribuant son amitié comme ses chèques à qui montre qu'il a quelque chose en lui ... Mais peut-on jouer du Liszt, a-t-on le droit de montrer sa foi en l'art entre deux courriers administratifs et au milieu de circonstances dramatiques ?
308 pages, BoD, Octobre 2013

- Je m'ennuie…
S'ennuyer ... concerne tout le monde et toutes les époques ! Que l'on soit une artiste peintre, une comptable, un chevalier du Moyen-âge, la Comtesse du Barry, une vache, un soldat en 1940 ou la Tour Eiffel, nous sommes tous confrontés à ce vilain parasite que

constitue l'ennui. Cette série de nouvelle décrit des personnages qui ont tous en commun de s'ennuyer dans une vie monotone et grise et que cet ennui pousse à agir d'une façon ... logique ou non, selon les circonstances personnelles et historiques. Même les vaches et les pianos peuvent le dire !
142 pages, BoD, Novembre 2015.

- L'Ombre s'étendit sur le Jardin.
Sonia a quinze ans, l'âge où l'on se découvre, mais où l'on se croit unique, et où l'on se culpabilise de ne pouvoir changer la courbe du destin. Au moment où des sentiments s'éveillent en elle, elle voit que sa sœur aînée, brillante étudiante en médecine qui a toujours été pour elle un soutien, un modèle, sombre dans une déchéance dont elle ne comprend pas tout de suite la cause. Dans une campagne pourtant paisible, où le cours de la vie est rythmé par la pluie et le vol des oiseaux, Sonia s'en veut, en veut à son père ... elle est seule à pouvoir affronter ce que vit sa sœur, ne faisant confiance à personne.
132 pages, BoD, Juin 2016.

- Les Eaux Profanées.
L'histoire commence dans les temps reculés où régnaient les génies de la terre et des eaux. Le géant Eochaid a indiqué aux compagnons du roi Habis un emplacement pour bâtir leur ville. En échange, ils devront respecter la fontaine sacrée.
De nos jours, à Angers, un homme disparaît, on découvre une source souterraine ... Étienne en cherche la raison, mais s'agit-il d'une banale nappe d'eau, ou de la source sacrée qui lui vaudra la vengeance du géant réveillé du fond des âges ? A-t-il rêvé, ou les légendes continuent-elles à vivre parmi nous ?
108 pages, BoD, juillet 2016.

- *La Mort dans les Cromlechs.*
Le superintendent Quint-William Rockwell espérait bien passer quelques semaines de vacances dans sa maison du Wiltshire, tout près des alignements d'Avebury. Mais on découvre un cadavre… puis un meurtre est commis… Il semble que l'on ait observé un rituel macabre… Et tout tourne autour d'une jeune cavalière dont il semble qu'elle n'ait laissé personne indifférent. La police locale, désarmée, finit par solliciter l'aide de l'homme de Scotland Yard qui, prenant conseil de son vieil ami, l'ancien magistrat Seamus Casey-Wynford, s'emploie à reconstituer les faits, mais aussi les ressorts psychologiques qui ont pu amener quelqu'un à devenir une sorte d'ange exterminateur. Fin musicien, le superintendent Rockwell démonte, examine les actes et les caractères comme s'il analysait une fugue de Bach, mais tout en conservant la sensibilité d'une œuvre de Chopin…
240 pages, BoD, août 2016.

- *Musicien et professeur de musique au XVIIIe siècle : La pédagogie musicale en France au 18ème siècle et son application dans les ouvrages théoriques pour instrument à archet.*
Comment apprenait-on la musique autrefois ? Avec des coups de règle sur les doigts ? Ou bien cherchait-on à développer l'oreille, le sens musical et la culture ? Y avait-il des ouvrages comparables à nos "Méthodes" actuelles ?
L'interprétation des musiques de l'époque baroque obéit à certains critères, le principal étant la liberté laissée à l'interprète d'orner la ligne mélodique à son goût : n'oublions pas que "le baroque a horreur du vide", il en est en musique comme en architecture. Mais cette ornementation obéit à certaines règles qui s'apprennent, et les ouvrages décrits ici en font mention.

Outre une description des ouvrages pédagogique de l'époque, l'ouvrage traite du statut des musiciens et de la façon dont on considérait le pédagogue. N'oublions pas que le 18ème siècle est celui de l'Encyclopédie de Diderot et D'Alembert et de l'Emile de Rousseau : la pédagogie, l'apprentissage, la diffusion du savoir deviennent des notions importantes. On ne parle pas encore de "publicité", mais elle est en germe durant le siècle des Lumières.
80 pages A4, BoD, Novembre 2013.

- *La Musique Classique : Petit Guide des Compositeurs.*
Ce petit ouvrage s'adresse à tous ceux que rebutent un gros dictionnaire ou une histoire de la musique en plusieurs volumes. Il ne prétend pas à être exhaustif, n'y figurent que les compositeurs les plus connus de la musique dite « classique », à propos desquels il donne des renseignements succincts. Ceux-ci y sont classés par époque, respectant les grandes divisions stylistiques de l'histoire de la musique. Le lecteur a ainsi à portée de main un aide-mémoire qui lui permet de situer un compositeur dans son époque et son style musical.
42 pages, Amazon Create Space, Avril 2015.
Existe en langue anglaise.

- *La Musique du Rite Syriaque: Histoire de l'Eglise Syriaque et de sa musique - Analyse Musicale.*
Les Eglises chrétiennes d'Orient sont les gardiennes d'une tradition remontant aux premiers temps du christianisme. Les événements actuels menacent de faire disparaître ces traditions liturgiques. Il est important de fixer ces types de musiques, afin qu'ils ne sombrent pas dans l'oubli : en effet elles se sont transmises jusqu'à une époque récente par tradition orale, et furent notées

par des chercheurs à une époque récente. Cet ouvrage veut être une introduction rapide à la tradition musicale du rite syriaque, qui a perduré en Syrie, au Liban, en Irak notamment.

42 pages, Amazon Create Space, août 2015.

Tous les ouvrages existent en version livre papier et en ebook.